Mrs. Caldwell
parle à son fils

Du même auteur :

Aux éditions Gallimard.

La ruche, 1958
Voyage en Alcarria, 1961
Nouvelles aventures et mésaventures de Lazarillo de Tormes, 1963

Aux éditions du Seuil.

La famille de Pascal Duarte, 1970

Aux éditions Albin Michel.

Office des Ténèbres, 1978
San Camilo 1936, 1973

Aux éditions Verdier

Torereos de salon, 1989

Aux Éditions Julliard (à paraître)

Mazurka pour deux morts (1990)
Christ contre Arizona (1991)

Camilo José Cela

Mrs. Caldwell
parle à son fils

récit

Traduit de l'espagnol par Luce Moreau Arrabal

Titre original :
Mrs. Caldwell habla con su hijo

Ouvrage paru, en première édition, dans la collection
Les Lettres Nouvelles, dirigée par Maurice Nadeau.

AVERTISSEMENT

J'ai connu Mrs. Caldwell à Pastrana, pendant le voyage que je fis en Alcarria, il y a déjà quelque temps. Mrs. Caldwell était en train de desceller très soigneusement le carrelage de la chambre où mourut la princesse d'Eboli ; ensuite elle enveloppait les carreaux dans du papier de soie, un par un, et les rangeait dans une valise, une valise aux intérieurs variés et méticuleusement ordonnés.

A l'auberge, Mrs. Caldwell me lut, un jour, après dîner, les pages qu'elle était en train d'écrire en souvenir de son fils adoré, Eliacin, tendre comme la feuille du capillaire, mort en héros dans les eaux tempêtueuses de la Mer Egée. Le petit ouvrage de Mrs. Caldwell s'intitulait, en principe, *Je parle avec Eliacin, mon fils bien-aimé.* Elle gardait en réserve plusieurs autres titres, mais, à coup sûr, le plus beau était celui que je viens d'énoncer.

Il y a un mois ou un mois et demi, un ami de Londres, le châtreur de cailles Sir David Laurel Desvergers, m'écrivit pour m'annoncer la triste nouvelle de la mort de Mrs. Caldwell à l'Hôpital Royal des Aliénés de cette ville.

Sir David m'envoya, avec sa lettre, un petit paquet contenant les papiers de Mrs. Caldwell. « Elle a voulu — me précisa-t-il — qu'on vous les adresse, à vous, jeune vagabond avec qui elle se lia d'amitié jusqu'à la lassitude et presque jusqu'à la satiété. Mrs. Caldwell parlait toujours de vous avec tendresse et nous expliquait, à ma femme et à moi, que vous aviez un regard doux et fuyant, tout à fait semblable à celui de son fils adoré, Eliacin Arrow Caldwell, tendre comme la feuille du capillaire, et mort en héros, comme vous le savez peut-être, dans les eaux tempétueuses de la Mer Egée (Méditerranée Orientale) ».

Les pages que je publie aujourd'hui sont celles de ma pauvre amie Mrs. Caldwell, vieille femme errante avec laquelle je me liai d'amitié jusqu'à la lassitude, mais jamais jusqu'à la satiété. Qu'elle repose en paix.

I. *Je sais bien pourquoi tu sautes,*
mon petit Eliacin

Tu accourais en bondissant comme un chérubin naïf, exactement comme un chérubin auquel un nuage humide aurait gobé la cervelle. Moi j'étais déjà habituée à te voir ; ton père (Dieu ait son âme) avait passé sa vie à faire des sauts en tous genres : sauts de côté, sauts périlleux, sauts polonais, sauts d'épervier en chaleur, sauts câlins. Tu accourais en faisant des sauts, d'énormes sauts, incroyables, comme un naïf chérubin.

— Laisse-moi te raconter quelque chose, m'as-tu dit, les joues rouges de plaisir, une chose qui est à mourir de rire, ou du moins à vous donner une hernie.

Mais je t'ai répondu, l'âme sourde :

— Non, ne me raconte rien, j'ai mal aux oreilles.

— Tu as mal aux oreilles ?

— Oui, je te l'ai déjà dit, elles me font terriblement mal.

Toi, alors, tu as haussé les épaules, tu as battu des paupières avec une élégance infinie, et peut-être accidentelle, et tu as commencé à siffler tout bas, comme un jeune merle au lever du soleil :

*Comme je désire vivre
moi qui n'ai pas mal aux oreilles
et qui suis heureux, presque parfaitement heureux.*

On devinait aussitôt que c'était cela que tu étais en train de siffler, mon petit perfide, ma malodorante hyène familière. Nul besoin d'être un aigle pour le savoir.

— Imagines-tu ce que je vais te dire ? as-tu demandé, prudemment.

— Non.

— Eh bien je ne vais rien te dire, et qui pis est, même pas que cela m'est égal que tu aies mal aux oreilles. Aujourd'hui, on n'a rien à faire des sentimentaux et des malades. Moi aussi j'ai mal aux oreilles, de temps en temps, et je ne le dis à personne, sauf à toi. Moi aussi j'ai mal aux oreilles quand je mange de la soupe à la menthe, par exemple, et que je ne trouve pas une poitrine sur laquelle pleurer.

Avoir toujours un doigt dans le nez, comme tu le fais, ne convient pas à un employé de l'Etat, à un fonctionnaire public, c'est déchoir. Maintenant, tu es un employé de l'Etat, un fonctionnaire public, et cependant, tu te promènes souvent, pas très souvent il est vrai, le doigt dans le nez, comme si tu étais un médecin ou un comte hongrois. Moi, je ne te le fais plus remarquer. C'est ton affaire !

Tout ceci est arrivé par une nuit d'horrible tourmente — t'en souviens-tu ? moi je m'en souviens très bien — dans la villa du club, quand tu obtins une place (sans la protection de l'oncle Rosendo Gerald, tu n'aurais jamais obtenu une place de ta vie, mais ceci est une autre histoire) et que je t'invitai à passer quinze jours à la montagne, pour t'y livrer à l'oisiveté et y répéter cette phrase que j'aimais tellement t'entendre dire : « Les pins ozonisent l'atmosphère. » Se peut-il que tu aies oublié ?

Ce fut alors que cet écrivain, après mûre réflexion, dit : « Deux gros nuages noirs s'amusent à jouer au tennis avec les éclairs », et que Mrs. Pyle fut infidèle à son mari, événement des plus risibles ! « C'est le manque de pression — disait Mrs. Pyle — le mal des montagnes. »

Toi, tu lisais un livre de poésie, assis près du feu, et moi, pour me distraire, je me mis à penser ceci : à mon petit garçon Eliacin j'offrirai tous les charmes de la nature (Cette pensée n'avait rien de très original et c'est une chose, mon enfant, que j'aurais du mal à te pardonner même si je le voulais, et je ne le veux pas). Le monde de l'étage au-dessus — les limbes des alcôves — était beaucoup plus compliqué.

— C'est bon, raconte-moi cette chose qui est à mourir de rire, ou du moins, à vous donner une hernie.

Tu as de mauvaises habitudes, Eliacin, de très mauvaises habitudes, tu as passé ta vie à imposer ta volonté. Un domestique du club t'a dit :

— On demande monsieur au téléphone.

Tous les garçons de ton âge n'ont d'yeux que pour les amies de leur mère, je ne le sais que trop. C'est pourquoi je t'ai demandé :

— Pourquoi bois-tu tant, mon enfant ? Si tu continues à boire à ce rythme, tu vas gâter prématurément ta santé.

Toi, alors, tu t'es remis à siffler. La chanson que tu étais en train d'inventer devait sûrement avoir des paroles de ce genre :

Comme je vous aime, en secret,
ô, douce Hortensia de mon cœur ! ô très douce
Hortensia Pyle !
Pour un baiser de votre bouche bien dessinée
pour un seul baiser, même si vous deviez en
mourir de joie,

je vous confierais volontiers tout mon avenir.
Tralala, tralala, tralala.

Un jour nous prendrons-nous les mains sous la
clarté de la lune incertaine,
nous murmurant à l'oreille de brefs et frémis-
sants mots d'amour comme tropique ou lèvres, ou
perle dorée ou petit duvet ?
Je crois bien que oui. Moi, je suis jeune et plein
d'espoir.
Tralala, tralala.

Crois-moi, mon enfant, tout ceci est pour moi bien
décevant.

2.   *Music hall*

Toi, en entrant, tu as dit :
— Où est Geneviève, la mulâtresse algérienne ?
Où donc s'est-elle fourrée, cette maudite Geneviève ?
On m'a dit qu'elle s'était teint les cheveux en gris.
Avez-vous entendu parler de cela ?

Personne ne t'a répondu. Une dame d'un certain
âge — elle m'avoua être l'épouse d'un colonel de
hussards qui s'était particulièrement distingué à
Dunkerque — m'a demandé :
— Connaissez-vous ce beau jeune homme ?
Enfin, elle n'a pas dit « beau ».
— Oui c'est mon fils, mon fils unique, il s'appelle
Eliacin.
— Très drôle, très drôle ! a-t-elle remarqué.

Pardonne-moi, mon enfant, mais j'ai dû dire oui
à tout ce que cette dame me racontait. Je ne te
rapporte pas ses propos parce que, sans être excessi-
vement méchants, ils n'étaient pas non plus gentils — disons vraiment gentils — pour toi.

Après, comme un triomphateur, tu t'es dirigé vers
le bar. J'ai pensé : nous y voilà ! mais non, heureusement non.

La femme du colonel de hussards était discrète et loquace. Vieille, comme je te l'ai dit, mais avec de charmants yeux verts, débordants de promesses qui avaient été tenues.

— Mon mari s'appelle Epiphanie. Ne trouvez-vous pas que c'est un nom harmonieux et beau ? Mon mari boit de l'absinthe — une boisson espagnole très digestive — et il a été opéré d'un phimosis. Et le vôtre ?

— Le mien est mort. Dans sa jeunesse, lui aussi on avait dû l'opérer d'un phimosis. Quand il est mort, nous lui avons fait un enterrement de seconde classe car nous n'étions pas très à l'aise. Lui, le pauvre, le regrettait fort. Peu avant de mourir, il ne cessait de me demander : « Tu ne crois pas qu'en sollicitant un peu d'argent du monsieur du second, qui s'est toujours montré si secourable, nous pourrions réunir une somme suffisante pour un enterrement de première classe ? » Comme vous le comprendrez, ma bonne amie, j'ai fait la sourde oreille à tout ; vous qui êtes une femme mariée, vous me saisissez.

Toi, installé au bar devant un whisky, tu faisais assez bon effet, avec ta nouvelle cravate orange et bleue bien nouée, et ces yeux que tu as hérités, sans doute, de celui qui toujours se montrait, aux dires de ton pauvre père, si secourable, et qui, si je le lui avais demandé, aurait à coup sûr prêté ce qui manquait pour que ton pauvre père eût, comme il le méritait — c'était même là sa dernière volonté — un enterrement de première classe, grand luxe, A.

3. *Aide-moi à dévider cet écheveau de laine de couleur cyclamen*

— Je ne veux pas, je ne veux pas ! Sais-tu bien à qui tu demandes des services aussi futiles ?

Toi, mon enfant, tu étais jaune de rage, jaune comme une patate au sirop ou une alliance qu'on vient d'étrenner. Non parce que je te demandais de m'aider à dévider cet écheveau de laine couleur cyclamen (en d'autres occasions tu l'avais fait bien volontiers), mais pour les sept raisons que maintenant, puisque je ne te crains plus, j'ose t'énumérer :

(Pardonne-moi si je me sers de chiffres romains comme Müller dans son *Histoire de la littérature grecque*. Je sais, c'est un manque d'éducation et j'aurais dû l'éviter.)

I. Avec mon amie Rosa, bien qu'elle soit majorquine, il n'y a rien à faire, tu le sais aussi bien que moi, mieux que moi, même. Beaucoup de clairs de lune, de promenades la main dans la main, à respirer les fleurs de la saison, beaucoup de lectures des poèmes de Samuel Taylor Coleridge, côte à côte. C'est ton affaire ! Mauvaise tactique ! Si j'étais plus jeune je te ferais une démonstration expérimentale. Généralement, il est efficace, je crois, de couvrir le sein de la femme aimée de marguerites, son dos de marguerites, ses cuisses de marguerites. Rosa ! Rosa !

II. Tu souhaiterais trouver des raisons pour pouvoir dire, comme ton cousin Albert : « O mon Dieu, ô grand Dieu ! Pourquoi m'abandonnez-vous à mes pauvres forces dans une situation aussi critique ? » Mais si quelqu'un secouait ton cousin Albert dans une situation critique, ton cousin Albert ne s'en réjouissait guère. Lui-même me l'a avoué en certaine occasion, les larmes aux yeux : « Ma tante, je t'en prie, ne découvre pas cette épaule... »

III. Il y a déjà soixante douze heures qu'à la radio on ne joue plus cette chanson de la gondolière aux boucles dorées et au regard profond. Stupide, mais efficace. Moi aussi je le déplore, crois-moi.

IV. Tu n'es pas sûr que, lorsque je te réprimande et te dis, par exemple : « Mon enfant, pourquoi t'obstines-tu à zigzaguer sur le trottoir afin d'éviter les rainures... cela suscite des commentaires malveillants ? »... tu n'es pas sûr que je le fasse uniquement parce que je pense à ton avenir.

V. La lune, l'astre pâle des nuits, comme disait ce ministre des Transports si spirituel, est dans une phase peu propice.

VI. Dans la brasserie « La libellule de satin argenté qui siffle, chante, boit et infuse le bonheur », cette petite paysanne galloise aux jambes galbées, qui avait des joues de tournesol et des cheveux de jais, a cessé de servir des sandwiches au jambon d'York. Elle s'appèlait... je ne me souviens plus de son nom. Mais je me rappelle bien que, lorsqu'elle lavait les verres avec violence, l'échancrure de son décolleté était tendue et luisante.

et VII. Ton flirt préféré, mademoiselle Pepper, (non, ça ne me dit rien, je ne veux pas l'appeler par le nom ridicule qui est le sien) est atteinte de strabisme sentimental. Quand je te l'ai fait remarquer tu t'es mis en colère, mais maintenant tu commences à comprendre que nous, les mères, nous disons toujours la vérité.

A vrai dire, je n'ai pas été prudente quand je t'ai demandé de m'aider à dévider cet écheveau de laine couleur cyclamen que j'avais acheté, en prévision des frimas, pour te faire un cache-nez qui te protégerait des refroidissements et des bronchites.

4. *Un tango du vieux temps*

Quand je danse avec toi ce tango sinistre qui commence par « Reviens dans mes bras, oublie le passé », je me sens une petite fille. Nous sommes peu de chose, mon petit, peu, très peu de chose, Eliacin chéri ! Tes cheveux cendrés... Quelle horreur !

La bouche amère... Quelle horreur ! Le regard mort...
Quelle horreur !

Mon enfant, danse avec moi ce tango, serre-moi
bien contre toi, et fredonne tout bas ces paroles
répugnantes qui me rendent la jeunesse et m'em-
plissent le cœur de mauvaises intentions. Sois docile,
mon enfant, que personne ne puisse dire que tu
désobéis à ta mère.

5.   *La tradition*

Toi, mon enfant, tant que tu n'aimeras pas la
tradition tu ne seras jamais tout à fait heureux ; tu
ne seras heureux qu'à tes moments perdus, lorsque,
malgré ton obstination, tu ne pourras plus t'empêcher
de l'être, comme ça, comme une bille qui, à force
d'être beaucoup regardée, prend confiance et se transforme tout à coup en un scarabée aux élytres couleur de vieil or.

Toi, mon enfant, tant que tu n'aimeras pas la
tradition, tu ne verras pas pousser, fraîches dans ton
cœur, les orchidées, ou plutôt les lys, les lys qui
sont le signe de la bonne renommée, celle que l'on
prise chez un jeune homme et qui fait dire de lui :
« voilà un garçon charmant, vous verrez qu'il ira
loin. »

Toi, mon enfant, tant que tu n'aimeras pas, d'un
amour non feint, la tradition, tu ne pondras pas
l'œuf d'or.

J'agis comme il convient en t'en faisant la remarque, c'est mon devoir. Maintenant, conduis-toi à ta
guise !

6.   *Une partie de poker sans enjeu*

Il y avait trois joueurs, mon enfant. Trois, et avec
toi, quatre. Une heure du matin sonnait à la pendule.

Le bar était bondé de dames et de messieurs. Cet Américain qui, quelques jours plus tard, fut reconduit à la frontière par la police, commençait sa péroraison comme tous les soirs : *Ladies and gentlemen...* Cela fait bien, ce *Ladies and gentlemen*. La jeune duchesse de Selsey racontait à grands cris cette histoire si leste du torero et du chien de chasse. L'amiral Mac Trevose, rose de bonheur, effleurait de son genou les genoux de Mrs. Stornoway, la timide rousse qui donne tant de soucis à son mari. Toi, mon enfant, absorbé par ta partie de poker, tu oubliais les lois les plus élémentaires de la mécanique céleste.

Lui saisissant le poignet, tu as dit à Maria Rosa : « pardon, je préfère que vous ne trichiez pas » ; alors son mari t'a donné ce terrible coup sur la bouche, et moi, tu peux me croire, je me suis sentie fière de toi.

7.   *Ce fut ensuite que les choses se gâtèrent*

Tu étais un garçon tourmenté. Tu présentais aux gens un visage renfrogné. Tu te sentais peut-être plus compliqué que de raison. Tu composais des vers et de la prose sans grand bonheur, il faut bien l'avouer. Tu pensais, ou plutôt, tu rêvais avec un certain goût, avec une certaine rigueur même ; les fragiles palpitations du pétale d'une fleur, ou le bruit étouffé du vol d'un papillon multicolore, ou le regard, à faire s'écrouler une cathédrale, d'un moineau amoureux, ou ton cœur lui-même, ton cœur solitaire, toutes ces choses te paraissaient semblables aux fous, aux tours, à la reine et aux pions du jeu d'échecs : des pièces purement conventionnelles.

Ce fut ensuite que les choses se gâtèrent.

8.   *Le cognac et le rhum*

Chez les jeunes gens comme toi, Eliacin, existe toujours à l'état latent le goût immodéré de tout ce qui est synoptique.

Je te disais constamment : « exerce ta pensée sur tel ou tel sujet, ne cesse pas de l'exercer en tous sens, un peu de confusion sied toujours », mais toi, avec entêtement, tu t'obstinais à ne faire aucun cas des conseils des adultes. Maintenant, heureusement ! tu es devenu un employé de l'Etat, un fonctionnaire public, et tu peux te débrouiller seul. Cependant, je crois que tu dois encore modifier certaines de tes habitudes. Personne ne coupe le cou au dindon de Noël sans lui donner au préalable deux petits verres de bon cognac, as-tu remarqué ? C'est comme un rite. Aux condamnés à mort aussi on donne en temps voulu un verre de rhum ; il semble qu'ils en ressentent une espèce de réconfort. Le rhum est une boisson très virile.

9.   *La libellule*

J'aimerais que tu sois une libellule, ce petit cheval du diable, ou quelque chose d'aussi petit et élégant qu'une libellule, afin de pouvoir te porter éternellement près de mon cœur.

10.   *Les cigares de La Havane*

Quand tu as eu terminé tes études, après ton année de stage, lorsque véritablement et sans aucun doute tu en as eu fini avec tes études, tu m'as conduite

au parc, sur un banc de bois qui se trouve au pied
du vieux noyer dit « le Ver de la chance ». Là, tu
m'as dit, en prenant un air si important que, pendant
un instant — bref il est vrai — j'ai cru à une décla-
ration d'amour :

— Es-tu contente de moi, mère chérie ?

J'étais en train de regarder fixement des dessins
allégoriques qu'une autre femme et un autre homme,
un jour déjà lointain, avaient gravés dans l'écorce
du noyer avec la pointe d'un couteau, et franche-
ment, je n'ai su que te répondre. Tu m'avais prise
un peu au dépourvu.

J'ai préféré n'en rien laisser voir, songeant : mon
fils, qui a mis tous ses espoirs dans cette question,
mérite d'être traité avec une certaine douceur, avec
affection. Alors je t'ai dit :

— Sais-tu quels sont les cigares de la Havane
les plus parfumés, les plus délicieux, les mieux faits ?

Ton regard a suivi le mien et il se sont posés
ensemble sur un cœur percé d'une flèche que les
amants de jadis avaient tracé sur l'écorce du « Ver de
la chance », le vieux noyer, le mur des lamentations.

11. *Isabelle*

A l'hippodrome, l'autre soir, tu t'es laissé empor-
ter par tes sentiments et tu as perdu de l'argent.
La vieille Isabelle t'a ensorcelé par ses sortilèges et
maintenant tu en payes les conséquences. Tu es incorrigible, incorrigible ! J'ai beau te harceler sans cesse !

Oui, je sais, elle possède un gracieux visage.
Je sais aussi qu'elle est de bonne famille, bien élevée,
que naguère encore elle a obtenu des succès considé-
rables sur les plages du Canal. Peu importe : je
persiste à croire que les six ans de plus d'Isabelle sont
de trop. Et dans les années deux mille, plus encore.

12.   *Une veillée littéraire et musicale*
en présence de quelque ancien ministre

On l'a organisée avec beaucoup de sérieux, à dire vrai c'est toi qui l'a organisée, sérieusement, minutieusement et jusque dans les plus infimes détails — ceux qui souvent passent inaperçus des maîtresses de maison les plus accomplies. Les invités en furent très satisfaits, la qualité des petits fours était excellente et, grâce à Dieu, on put trouver à temps du whisky écossais de premier ordre. Cela ne diminue en rien ton mérite si je note que la chance ce soir-là était de notre côté.

Toi, en faisant les honneurs, tu avais une aisance inattendue, un air émouvant, une grâce très étudiée : on t'aurait pris pour un secrétaire d'ambassade, un couturier, un jeune prédicateur, un parfumeur, voire un *coiffeur pour dames* [1].

Nous fûmes tous enchantés de te voir te lever lorsque, une main en l'air comme pour dire... voici, Mesdames, un charmant modèle de printemps, aussi chic que simple, dont la ligne élégante n'est aucunement troublée par quelque accessoire superflu, etc... tu as souri de ton sourire le plus expressif et le plus charmeur, pour annoncer : « Mesdames et Messieurs, j'ai le plaisir de vous présenter le jeune poète du Sud, inconnu de nous jusqu'ici, et dont les conceptions esthétiques... etc. »

Le jeune poète du Sud, dont le pantalon et la veste étaient un peu courts, les hanches arrondies et le teint pâle, a chaussé ses lunettes et commencé à réciter son poème : *J'ai le profond regret de vous rappeler, Mademoiselle, vos promesses réitérées et*

---

1. En français dans le texte. (N.d.T.)

non tenues d'amour éternel, perdues, hélas ! dans les brumes.

Le monsieur corpulent, cet ancien ministre — que tous, comme pour le vexer, présentaient en disant : monsieur Un Tel, ancien ministre de ceci ou de cela — entonna un hymne à la patrie, en vers de quatorze pieds, puis fit au piano une démonstration fort applaudie.

Moi, mon enfant, je ne savais que faire, je souffrais quand tu me regardais, je souffrais d'une façon horrible, implacable.

13. *A la piscine*

Les grosses, les énormes, les monstrueuses dames de la piscine, toutes mères, nageaient déjà depuis cinq jours au-dessus du noyé. C'est toi qui me l'as dit. On changeait l'eau tous les dimanches soirs, et le noyé, un jeune homme de province qui vivait modestement en donnant des leçons de solfège, se trouvait là, à en croire les apparences, depuis le lundi matin. Le vendredi après-midi, l'eau a pris un goût de chlore et une couleur grisâtre, de lait sale.

Les grosses, les énormes, les monstrueuses dames de la piscine, toutes mères, nagent lourdement, avalent de l'eau, crachent de l'eau. Autrefois, comme le temps passe ! il y avait des abus, beaucoup d'abus, c'est toi que me l'as dit. Les grosses, les énormes, les monstrueuses dames de la piscine, toutes mères, s'arrêtaient, de temps à autre, et souriaient d'un air béat très facile à interpréter. Tu me l'expliquas très clairement, tout en nageant dans la chambre comme une grosse dame sans attraits. Que tu étais drôle ! L'Entreprise, alors, ordonna de mettre dans l'eau une poudre mystérieuse, une poudre inventée par un chimiste allemand, et quand les grosses, les énormes, les monstrueuses dames de la piscine, toutes mères, s'arrê-

tèrent pour sourire d'un air béat, très facile à interpréter, la poudre mystérieuse entra en action et
autour des dames se forma une auréole de couleur
rouge. « Il a fallu prendre cette mesure héroïque
et honteuse » — telles furent tes paroles, débordantes de charité comme un citron.

Les grosses, les énormes, les monstrueuses dames
de la piscine, toutes mères, nageaient déjà depuis
cinq jours par-dessus le jeune professeur de solfège,
ce jeune homme qui avait conçu l'illusoire projet de
conquérir la ville.

Par la suite, grâce aux effets de cette poudre mystérieuse, on vit parfois une dame sortir de l'eau et
se diriger, le maillot collé et ruisselant, jusqu'au ves-
tiaire. Quelques-unes s'habillaient et s'en allaient
s'occuper de leur foyer. D'autres non ; d'autres
venaient se remettre à nager sur le corps du noyé,
sur le jeune professeur de solfège qui, personne
n'ayant pris soin de lui fermer les yeux, devait sûrement ressembler à une jeune dorade morte.

Toi, mon enfant, tu m'as toujours paru ressembler plutôt à un oiseau, un oiseau charmant.

14. *Pluie persistante sur les carreaux*

La pluie tombe, persistante, sur les carreaux, mon
enfant.

Il fait mauvais et les insectes, dans les vertes et
lumineuses prairies, dans les vertes et sombres montagnes, recherchent le ventre prudent, le ventre clément des pierres.

Quand tu allais naître, mon enfant, la pluie ne
tombait pas, persistante, sur les carreaux, et un soleil
radieux brillait en plein ciel tandis que le baromètre
indiquait de salutaires pressions.

Il faisait un temps de printemps, mon enfant, et

les insectes volants écrivaient ton nom, en lettres
dorées, sur les petits nuages blancs..

Jamais je n'aurais cru que j'en viendrais à t'aimer
à ce point !

14 *bis.*   *Pluie persistante sur les carreaux*
(autre version)

*La pluie, tombe, persistante, sur les carreaux,
Eliacin.*

*Il fait un temps propice à l'intimité amoureuse,
un temps à nous cacher à l'intérieur de notre propre
cœur, à l'intérieur de nos cœurs : ces cœurs que nous
pourrions dessiner en forme de flammes.*

*Je rêve, paisiblement, de voir ce temps se pro-
longer, ce temps durer et s'éterniser comme mes meilleures, mes plus pures pensées pour toi.*

*Toi, pars. Moi je resterai près de la cheminée à
regarder en direction du fauteuil que tu n'as pas
voulu occuper. Mais je ne serai pas seule, je te le
jure. Ta mère n'est pas encore en âge de rester
seule comme une pierre du chemin.*
... toi, pars...

15.   *Chronique judiciaire*

C'était un petit journal de province qui contenait
des rubriques amusantes, des rubriques pleines de
charme. Je l'achetais tous les jours dans l'espoir d'y
lire ton nom, qui n'y figurait presque jamais.

Les rubriques s'appelaient « Ephémerides », « Car-
net mondain », « Vie locale », « Le saint du jour et
vie religieuse », « Notre ville il y a vingt-cinq ans »
— c'était la rubrique la plus drôle —, « A la Mairie »,
« Chasse et pêche », « Cinq minutes de loisir. Jeux
et Passe-temps », « Petites annonces », « Poésie, au

petit jour » — c'était là que tu figurais quelquefois —, « Gastronomie » et « Chronique judiciaire ».

(Les gens lisaient cette rubrique à la dérobée, comme s'ils ne lui accordaient pas une importance excessive).

16. *Il est toujours drôle de penser aux petits enfants*

Oui. Quand tu étais petit, relativement petit, et que tu n'avais pas encore expérimenté plus loin que le principe d'Archimède... Enfin, c'est une histoire un peu longue. Tu avais des boucles, des boucles blondes, douces et drues. Oui, peut-être un peu longues. Toi, mon enfant, tu faisais l'admiration de la ville, avec ta jolie lavallière en soie naturelle et tes petits souliers en maroquin marron...

C'est une longue, une étrange histoire, Eliacin chéri, et je pense qu'on ne doit pas la raconter jusqu'au bout.

17. *Le voisin bien élevé*

Toi, non, mais ton cousin Richard, ah ! ton cousin Richard ! Ton cousin Richard est un fainéant qui donne sans cesse du souci à sa mère.

Ton cousin Richard, ce grand étourdi, a un voisin qu'il conviendrait d'empailler — le moment venu, bien sûr — pour qu'il figure au Musée Municipal et nous serve d'exemple à tous. Le Directeur du Musée Municipal donnerait l'ordre de l'épousseter souvent avec un doux petit plumeau et aussi de lui laver les yeux au blanc d'œuf, ces yeux qui semblent demander au visiteur :

— Avez-vous lu le décalogue du résident urbain ?

— Du résident urbain ? Cela ne me dit rien...

Le voisin de ton ingrat de cousin Richard connaît tant de tours que la série naturelle des chiffres ne suffirait sans doute pas à les dénombrer. Le plus impressionnant de ses tours (enfin l'un des plus impressionnants et que je cite seulement à titre d'exemple) est celui du voyageur ahuri dans l'ascenseur. Le voisin de ton répugnant cousin Richard, le sourire aux lèvres, dit, le moment venu : « Non, l'ascenseur n'est pas très solide, je monterai à pied, merci beaucoup ». (Le seul défaut que l'on pourrait reprocher au voisin de ton grand farceur de cousin Richard est son amour démesuré du mensonge : l'ascenseur est d'une solidité à toute épreuve, c'est l'un des meilleurs et des plus puissants ascenseurs que j'aie connus de ma vie). Le voisin de ton cousin Richard, de ton coquin de cousin Richard, place le voyageur ahuri dans l'ascenseur, appuie sur le bouton et monte les marches de l'escalier quatre à quatre.

Le voisin de ton cousin Richard, que j'appelerais volontiers bâtard s'il n'était le fils d'une de mes sœurs, arrive toujours à temps pour ouvrir la porte de l'ascenseur au troisième, au quatrième, au cinquième et même au sixième ou au septième étages. Au-delà il n'atteint les paliers qu'avec une certaine difficulté, en donnant quelques signes de fatigue.

Il sourit. Il dit hop ! et après il respire profondément.

— Te rends-tu compte, mon enfant ? t'ai-je demandé une fois, et je te le demande à nouveau maintenant : Te rends-tu compte ?

18.   *Le train à crémaillère*

Le train à crémaillère est un petit train, peint en blanc, tiré par une machine vétuste qui s'appelle « La Sapinière », comme les hôtels pour amoureux clandestins ; elle est conduite par un vieux mécanicien vêtu en esquimau, qui fume la pipe, comme un marin.

Toi, tes skis sur l'épaule, tu montes dans le train à crémaillère, tu cherches une bonne place, tu te mets à la fenêtre et tu dis au revoir aux jeunes filles qui se trouvent à la gare et qui monteront plus tard, quand leurs fiancés viendront les chercher. Le train à crémaillère passe sa journée à faire des voyages...

Tous, nous passons notre journée d'une manière ou d'une autre.

19.   *Les cherimoles au kummel*

Manger au dessert des chérimoles au kummel est un signe de distinction, de grande distinction. Quant à moi, j'aimerais beaucoup mon enfant, que, au restaurant « La pomme de discorde », fréquenté par les membres de la chambre des Lords et leur famille, tu te dises un beau jour : je vais faire quelque chose en souvenir de ma maman chérie, et que tu demandes comme dessert des chérimoles au kummel. J'aimerais tant cela, si tu savais !

20.   *Veux-tu quelque chose en ville ?*

Dis-le moi, je t'en prie, chaque fois que tu iras en ville. Que t'en coûte-t-il ? Je te promets de répondre toujours : « Non, mon enfant, rien, merci beaucoup. » Même si j'ai besoin de magnésie, ou de coton à repriser, ou de timbres, ou d'aiguilles neuves pour le phonographe, ou de sel, ou du dernier roman de ce Français qui est ton ami et qui est en passe de devenir si célèbre, je te dirai toujours, toujours, je te le promets : « Non, mon enfant... » etc.

21. *Les mouches*

Peut-être quelqu'un a-t-il étudié déjà minutieusement les nombreuses, les très nombreuses variétés de
mouches qui existent. Les gens disent « les mouches,
les mouches », ou bien « les mouches, les mouches,
les mouches » et dans ce « les mouches, les mouches »
ou dans cet autre « les mouches, les mouches, les
mouches », ils font tout tenir.

Eh bien, mon enfant, moi je crois que les variétés
de mouches qui existent sont, au moins, au nombre de
vingt. Je ne peux pas te dire grand chose sur ce
sujet. Il faudrait que quelque studieux entomologiste
t'explique ces notions.

22. *L'heure*

Mon enfant, il y a longtemps déjà, tu pleurais
désespérément quand, pendant la promenade, s'il
t'arrivait de demander l'heure à un monsieur, au
lieu de te dire qu'il était midi — car c'est l'heure
que demandent toujours les enfants — ce monsieur te répondait :

— Oua heures, mon mignon, oua heures vont
sonner.

Je t'ai promis de t'acheter une magnifique montre
suisse, une montre qui jamais ne marquerait oua
heures, mais ci heures, brave indien heures, maillot
de bain heures, bo heures, mag heures, sept heures
et cinq heures.

Si je ne te l'ai pas achetée, tu sais bien pourquoi.

23.   *Levons-nous au petit jour pour voir le lever*
       du soleil, le majestueux lever du soleil sur la
       vieille colline ronde où poussent les timides
       et odorantes petites fleurs sauvages

Tu m'as dit tout ceci, un soir, après dîner. J'ai dû
te répondre : « Non, mon enfant, non ; malgré tout,
non ».

24.   *La truite*

Quand nous allions pêcher la truite dans la rivière
Rapide et que nous passions les heures mortes, en
silence, à remuer des pensées diverses et semblables,
par exemple : comme les truites sont malignes, voraces, véloces ! ou bien : sûrement elles nous ont aper-
çus, ou bien même : la journée est vraiment belle,
qu'importe que dans le panier il n'y ait pas une
seule truite ?... quels bons moments nous passions !
T'en souviens-tu ?

Toi, tu portais une visière verte pour te protéger
du soleil et une petite bouteille d'argent, avec tes
initiales, pleine de cognac. Moi je portais généralement un tablier en cretonne, l'un des nombreux
tabliers que je possède, et des lunettes noires.

Nous mangions sous n'importe quel arbuste et
nous buvions de l'eau nouvelle née, l'eau d'une
fontaine qui jaillissait à nos pieds, une eau qui était
peut-être trop fraîche, trop pure. Ce qui nous plaisait
surtout c'était de voir, de loin, les gros, les soyeux
taureaux du Sussex, dont la chair est si appréciée,
t'en souviens-tu ? Quels bons moments nous passions !

Nous revenions maussades à la ville, l'air morne,
t'en souviens-tu ? L'âme pâle et la tête sous l'aile.

25.   Botticellien ! Botticellien !

Je lui souhaite de mourir dans d'horribles et minutieux supplices orientaux.

La Maligne, dès qu'elle aperçoit un enfant, même si l'enfant est réellement une véritable horreur, dit à grands cris perçants qui vous vrillent le tympan : « Boticellien ! Boticellien ! »

C'est une vieille institutrice dont je garde, mon enfant, un très mauvais souvenir. Je te prie de le partager. Elle ne sent pas bon, elle sent mauvais, et elle n'admet pas que quelqu'un puisse faire convenablement quelque chose.

Si on parle du temps elle dit que le temps est mauvais. Tout à fait mauvais ? Enfin, mauvais pour la santé, en tout cas, ou mauvais pour l'agriculture.

Si on parle du beau soleil qui luit dans le ciel, elle dit que le beau soleil qui luit dans le ciel est mauvais. Tout à fait mauvais ? Oui, assurément, c'est un soleil qui annonce l'orage. Ah ! grand Dieu, les décharges électriques qui tuent les pauvres bergers dans la montagne !

Si on parle de Nathalie, qui a de très beaux yeux noirs et profonds, elle dit que Nathalie est indécente et vicieuse, que ça se voit dans ses beaux yeux noirs et profonds, beaux en apparence. Pourquoi ? Qu'a-t-elle fait ? Ah ! il faut voir plus loin que ce qu'on fait ou ne fait pas. Pourquoi Dieu nous a-t-il donné la faculté de déduction ?

Si on parle du maire, elle dit que le maire est un voleur, un voleur en puissance, ce sont les pires.

Mais lorsqu'elle aperçoit un enfant, elle s'émeut et crie de sa voix perçante et éraillée de chouette : « Botticellien ! Botticellien ! »

Moi, je te l'ai dit, je lui souhaite de mourir dans d'épouvantables et lents supplices chinois.

Mon enfant, ne me refuse pas ton aide.

26. *Une bouillote en caoutchouc pour chauffer les pieds*

Je te l'ai achetée quand tu as terminé tes études secondaires, parce qu'il ne me semblait pas bon qu'un bachelier eût des engelures. Les fils d'Esperanza qui étaient timides et avaient les yeux cernés, pouvaient bien être couverts d'engelures, les gens s'y attendaient, mais pas toi, mon enfant, pas toi.

Tu m'as dit : « La bouillote est belle, elle t'a coûté beaucoup d'argent ? » A cette époque la vie n'était pas aussi chère qu'elle l'est à présent, pourtant la bouillote était d'un prix élevé, une bouillote de première qualité.

Lorsque je suis revenue à la maison avec elle je lui ai dédié un poème. Je ne m'en souviens pas très bien, je sais seulement qu'il commençait ainsi :

> *Bouillote en caoutchouc qui réchaufferas*
> *les pieds de mon fils chéri,*
> *de mon fils aimé, mille fois aimé,*
> *de mon fils qui vient tout juste d'obtenir son*
> *[diplôme de bachelier*
> *le réchaufferas-tu toujours avec douceur, avec*
> *[amour ?*

Tu le sais bien, Eliacin, lorsqu'il s'agit de toi je deviens très sentimentale.

A coup sûr il doit y avoir dans le monde, et même dans notre propre ville, des gens ignobles qui suspectent la pureté de ma pensée. Peu m'importe ; je sais très bien quel chemin je dois suivre et quels mots je dois te dire à l'oreille pour stimuler ton courage quand il est abattu.

Je sais aussi quels exemples sont bons pour la jeunesse et quels sont mauvais.

27. *La pièce fausse*

Avec ta pièce fausse dans ta poche, mon enfant, tu avais un curieux air de faux-monnayeur. Les faux-monnayeurs, mon enfant, sont soupçonneux et rusés, comme des scorpions ou des deuxièmes soubrettes, et dans les réunions de famille personne ne les défend, pas même l'oncle Albert qui, tu le sais très bien, est un débauché qui a eu une fiancée mulâtre et qui a gardé beaucoup d'amis sur le Continent.

Quand tu es entré dans la mercerie « A la navette de Lancaster » et que, avec ta jolie pièce fausse, tu as voulu acheter des jarretelles afin de les offrir à ta maman chérie pour son anniversaire de mariage, tu étais bien loin de supposer qu'on allait perforer ta pièce fausse en la clouant, avec un clou de Paris, sur le dur comptoir !

Les coups ont dû résonner comme des dés sur une tombe et toi, mon enfant, toujours si sensible aux bruits, tu frémissais, j'en suis certaine, comme une jeune recrue devant le peignoir de dentelle de la femme du colonel, qui, sans doute, s'appelle Louise.

(Je dois t'avertir, mon enfant, que j'imagine le peignoir de dentelle de la femme du colonel, Louise MacDucaud de son nom de jeune fille, posé sur le dossier d'un petit fauteuil, dans une chambre déserte, tiède et à demi obscure. La femme du colonel, comme tu le sais, est jeune et elle a, paraît-il, du tempérament. Le colonel Tomlinson est jeune aussi, sa carrière est en bonne voie ; à la frontière Nord-Ouest des Indes on perd sa santé, mais on obtient vite de l'avancement).

28.   *Les lettres que le courrier nous apporte*

Tu étais radieux ! Comme tu as été content lorsque le courrier t'a apporté cette lettre anonyme que tu attendais depuis de si longs mois !

Recevoir des lettres anonymes, Eliacin, a toujours été un luxe difficile, quelque chose que tout le monde ne peut se permettre, qui est interdit à beaucoup. Ton pauvre père (Dieu ait son âme) aurait donné n'importe quoi pour recevoir quelque lettre anonyme, de temps à autre, et pouvoir, au club, comme on fait en de telles circonstances, parler de lâcheté et prétendre qu'il vaut mieux n'en tenir aucun compte.

Ta lettre anonyme, mon chéri, était belle et gentille. Elle était menaçante, doucement, légèrement menaçante. Il est difficile — disait-elle — d'arriver à être ministre des Colonies ou président du Conseil d'Administration d'une banque, d'une compagnie pétrolière, d'un grand trust. Mais il est tout aussi difficile de trouver une femme nue mangeant de l'herbe dans une prairie, ou de vivre éternellement, ou de savoir si un cheval est conservateur ou travailliste : les chevaux sont velléitaires, et peut-être un cheval normand, las de suer des heures supplémentaires dans les docks, est-il travailliste ? Peut-être un cheval pur-sang, pourvu d'un pedigree d'almanach Gotha et déjà deux fois vainqueur au Derby, est-il conservateur ?

Recevoir des lettres anonymes, mon enfant, est quelque chose d'aussi difficile, ou presque, que de devenir ministre des Colonies ou président du Conseil d'Administration d'une banque, d'une compagnie pétrolière, d'un grand trust. Il est tout de même plus facile de trouver une femme nue mangeant de l'herbe dans une prairie ou de vivre éternellement, du moins au delà de cinq cents ans.

29. *La soupe*

Doit-on manger de la soupe ? Ou bien ne doit-on pas manger de la soupe ?

Dans la première hypothèse, quel genre de soupe doit-on manger ? Doit-on manger de la crème Argenteuil, de la crème Longchamp ? Doit-on manger du consommé Colbert, du consommé Mille Fanti ? Doit-on manger de l'Ox-tail soupe ?

Ah ! mon enfant, comme les hommes sont ignorants en matière de soupe ! Je voudrais voir quelque grand homme, parmi ceux qui sont passés à l'Histoire en lettres de moyenne grandeur, en train de réfléchir à cette question que moi maintenant, pauvre de moi ! je cherche à t'expliquer clairement.

Je garde une grande tendresse à ton souvenir, n'est-il pas vrai ? Eh bien, malgré tout, je ne peux rien te dire d'utile sur la soupe.

30. *Les pensées dans le tunnel*

Quand le train s'enfonce dans le tunnel, mon enfant, comme un bras qui entre dans la manche d'une tenue de soirée, tous les voyageurs tentent de prendre des poses conventionnelles, comme les morts ; des poses qui signifient : ne vous imaginez pas que les tunnels me font sursauter, moi, non ! moi, les tunnels me laissent indifférent, exactement comme s'il n'y en avait pas.

Les fumeurs portent avec lenteur leur cigarette à la bouche pour que nous voyions tous que la petite lueur ne vacille pas, que la petite lueur garde une fermeté spartiate, et les non fumeurs, qui, naguère, dans les trains de naguère, avaient un compartiment spécial rempli de raclements de gorge, essaient de se racler la gorge avec dédain comme s'ils disaient : mais, enfin, de grâce, se peut-il que vous puissiez croire que nous ayons peur de l'obscurité ?

(Seules les jeunes filles à marier, qui ont la tête pleine d'oiseaux et le dos frémissant, entrent dans le tunnel avec une rougeur de honte et d'espoir, et sortent du tunnel pâles et remplies d'une feinte angoisse, comme des jeunes filles que l'on viendrait d'étreindre pour la première fois).

Il est extrêmement curieux, mon enfant, extrêmement curieux et instructif d'observer comment, lorsque le train s'enfonce dans le tunnel, tous les voyageurs prennent des poses étudiées, comme les morts.

31. *Linge de soie noire*

Je me souviens bien, Eliacin, mon enfant chéri, mon tendre bouton de rose sauvage, ma savoureuse et acide fraise des bois, mon fils, que, lorsque je m'habillais et me déshabillais devant la photographie de fin d'études où tu étais déjà un homme, tu faisais toujours la moue en voyant, sur ma peau blanche, mon linge de soie noire.

(Puisque tu devais mourir si jeune, mon enfant, tu aurais pu te permettre certains manques de respect que je ne t'aurais jamais reprochés.)

Je te jure, mon enfant, que je n'ai jamais pensé qu'on pouvait entendre malice à tout cela. Je te jure, de même, que je suis en train de mentir. Sur un simple conseil de toi, j'eusse banni à jamais mon linge de soie noire, et l'eusse troqué, pièce par pièce, pour du linge de soie aux couleurs douces, orné d'une simple dentelle blanche.

Cela t'aurait-il plu davantage ? Que j'ai été sotte !

Je respecte tous les points de vue, mon enfant, absolument tous. L'expérience me dit que vous, les hommes, vous avez, sur certaines questions, vos points de vue particuliers, différents.

32.   *Tes papiers secrets*

Quand, pour mon malheur, il advint, mon amour, que ton corps s'abîma dans les pleurs délicats de la mer, je fouillai, la gorge nouée, tes papiers secrets. Quelles journées !

J'ai été, mon enfant, seule coupable de ta timidité. Tu as beaucoup aimé ce que je t'ai appris à aimer, et l'idée de continuer à aimer t'a bouleversé. J'aurais dû le soupçonner.

Toi, mon enfant, il est temps de le dire, tu es devenu timide dans ton adolescence, lorsque ta voix a mué (Je te prie de ne pas insister sur les causes de ta timidité avec cette cruauté, désormais inutile). Quelle tristesse, mon enfant ! Fais un effort, je t'en prie, pour ne pas m'accuser.

En une autre occasion (mais ce n'est pas sûr), je continuerai à parler de tes papiers secrets, maintenant je ne peux pas.

33.   *Le travail est-il un péché ?*

C'est une pensée qui m'a toujours préoccupée, mon enfant, parce que j'ai toujours craint de tomber dans l'hérésie.

Je pense que l'amour du travail, mon enfant, — non pas le travail lui-même — est un grave péché et j'ai essayé de t'élever dans cette idée.

L'homme n'a pas été créé pour travailler mais pour se reposer et ne rien manger de l'arbre défendu. Ce fut seulement lorsqu'il pécha et fut expulsé du Paradis qu'il se trouva dans l'obligation de gagner son pain à la sueur de son front.

Refusons les malédictions de Jéhovah. Ne tombons pas dans le blasphème.

34.   *L'instinct de l'argent*

Il est mystérieux, l'instinct de l'argent, mon enfant, l'instinct qui assure la réussite des gens.

Personne n'étudie pour être millionnaire, Eliacin, de même que personne n'étudie pour être poète : on étudie pour être économiste ou professeur de littérature, mais on meurt pauvre et sans inspiration.

Le poète tire de roses nuées de tout ce qu'il touche, le millionnaire transforme les pierres en blocs d'or.

Il est inutile de se fixer pour but de devenir millionnaire ou poète. La vocation ne suffit pas. L'intelligence ne sert à rien. L'application est une vertu affolée comme un oiseau sans yeux. Ce qu'il faut c'est de l'instinct, le mystérieux instinct de la poésie, celui de l'argent.

L'instinct de l'amour, mon enfant, est d'un autre ordre. Ni toi ni moi ne l'avons eu, ou nous l'avons si bien caché qu'il ne nous a servi à rien.

35.   *La roulette de cet établissement thermal qui semblait être le* Cimetière marin *de Paul Valéry*

Tu disais à voix basse : « Je mise double sur le quinze ! » et à voix haute, presque une voix de stentor : « *Zénon, cruel Zénon, Zénon d'Elée !* »

Cette charmante Scandinave, Ilsa Sündersen, ne te quittait pas des yeux ; son mari lui faisait souvent des reproches et alors elle, comme pour effacer l'affront que l'on t'infligeait, jouait le même numéro que toi.

Cet établissement thermal, je ne sais pourquoi, offrait une vague mais évidente ressemblance avec « le Cimetière marin » de Paul Valéry.

36.   *Le véronal*

Il a toujours été de bon ton, mon enfant, de mettre fin à ses jours avec du véronal. C'est un suicide pour gens qui ont beaucoup aimé, pour gens qui n'ont jamais manqué de rien, d'absolument rien.

Les âmes prennent petit à petit un air incertain et une couleur opaline, et les corps languissent, peu à peu, avec une élégante tristesse, un abandon aimable et étudié.

Le véronal, mon enfant, doit se consommer avec du champagne et de nuit, comme la résignation.

Les femmes, après avoir pris leur véronal, peuvent se laisser aimer par un amant passionné et respectueux, par un amant lent et serviable ; c'est correct. Ce qui n'est pas correct, mon enfant, c'est d'écrire des lettres d'adieu.

37.   *Le duvet*

1

Peut-être découvrira-t-on que Walt Whitman l'a chanté, lorsqu'on aura fini d'examiner tous ses manuscrits. L'édition de Pellegrini and Cudahy, de New York, est bonne, sans doute, mais il y manque les vers où W. Wh., sûrement, devait chanter le duvet.

2

Ou peut-être W. Wh. n'a-t-il pas chanté le duvet : cette émotion de vieux oreillers, d'innombrables jambes, d'anonymes poils de moustache qui n'ont pas encore d'histoire. Qu'en savons-nous ?

38.   *Un voyage autour du lit*

Te souviens-tu, mon enfant, comme il était amusant et émouvant, le voyage autour du lit ?

Cette chemise de nuit que j'avais gagnée à la tombola des Spencer, cette chemise de nuit couleur orange pâle qui te plaisait tant, bien que, sans doute, elle fût un peu ridicule, un peu de goût hollandais, je ne la mettais qu'en de rares occasions, pour les anniversaires de ton pauvre père (Dieu ait son âme) ou encore lorsque nous décidions de jouer à ce jeu de hasard un peu fou : le jeu des voyages autour du lit.

Toi, qui n'étais pas encore assez instruit pour comprendre les choses à demi-mot, tu devenais rouge comme une tomate et tu essayais de cacher ton émotion.

39.   *L'été*

L'été est la saison des moribonds, la saison où les moribonds montent précipitamment dans le train de la mort, qui passe, sifflant en cadence de vieux airs sans importance.

L'été, les enfants se sentent des oiseaux maudits et les femmes mariées, chacune à sa manière, parviennent à des prouesses dignes des dieux dans l'art négatif de rester fidèles à leurs maris absents.

Comment l'été pourrait-il être ce temps de calme plat que chantent certains poètes à l'inspiration courte ?

La foi, mon enfant, consiste à croire en ce que l'on n'a pas vu. Toi tu as déjà vu l'été mais je ne sais pas si tu l'as vu tel qu'il est, tel que moi je t'assure qu'il est.

Tu dois croire qu'en ceci, comme en tout, je te dis la vérité et rien que la vérité.

40.   *La mer, une mer, cette mer*

La mer est un mot qui me donne la nausée, quelque chose dont je ne peux parler avec sérénité. La mer est une jeune fille belle et insupportable à qui les choses ont trop bien réussi en cette vie.

Une mer, une mer quelconque, même si c'est une mer réelle et déterminée, ce n'est jamais rien. Une mer, un amour, un âne, une fleur veloutée, un enfant perdu dans une grande ville, un fonctionnaire poursuivi avec acharnement par le chef du personnel, une balle qui vole sous le ciel d'une bataille, tout ceci est très vague, très imprécis. Peut-être cela tient-il à ce que toute chose a besoin qu'on la nomme.

Ah ! mais elles ont aussi leurs inconvénients, les choses nommées avec précision. Ce fatidique amour qui s'appelait Pyramide ; cet âne sinistre et turbulent qui tournait la tête lorsqu'il entendait prononcer le mot Catulle ; cette fleur baptisée Etrange Espérance ; cet enfant qui s'est perdu parce que personne ne lui a dit donne-moi la main, Richard Henriques ; ce fonctionnaire qui chez lui s'appelait Opprobre et au bureau Commisération ; ou cette balle effrontée, Marguerite, qui cherchait anxieusement le pancréas de la plus tendre recrue du bataillon. Le nom de Mer Egée (Méditerranée Orientale) est un nom que je ne veux pas prononcer. Ou, du moins, je veux le prononcer le moins possible ; c'est une pénible obligation que je cherche constamment à fuir.

41.   *Les morts et autres pensées également vaines*

Les morts prennent généralement des poses étonnantes, mon enfant. Probablement, s'ils pouvaient se voir, seraient-ils les premiers surpris.. Peut-être une étude longue et détaillée sur les poses que prennent les gens pour mourir serait-elle curieuse. On pourrait classer leur poses en groupes et, en face de chacun de ces groupes, figurerait un tendre animal domestique transi, une poule, un lapin de basse-cour, un canard, un cochon de lait doux et grognon. Si les gens étaient plus cultivés qu'ils ne le sont, Eliacin chéri, chacun saurait dès maintenant quelle pose lui conviendrait le mieux le moment venu. Ton pauvre père (Dieu ait son âme) préféra, mon enfant, une pose complaisante de chatte qui vient de mettre bas. Il était drôle à voir. Quelques amis durent m'aider à le déplier pour qu'on pût le mettre dans son cercueil.

On peut nourrir de vaines pensée à la fin du jour ; il suffit d'y prêter une certaine attention : un médaillon avec une boucle dorée, un petit garçon qui ne connaît pas encore le fouet, un autre enfant qui connaît à fond le vol des loriots. Une foule, toute une foule de ces vaines pensées !

42. *Lord Macaulay*

Je t'ai toujours beaucoup aimé, mon enfant, je t'ai toujours voué la plus égoïste et la plus sincère des tendresses, tu as toujours été pour moi quelque chose comme le but de toutes mes aspirations. Mais j'aurais préféré te voir équitable et circonspect comme Lord Macaulay, élégant, conservateur, et très au fait de l'histoire d'Angleterre.

Peut-être est-ce ma faute et celle de nul autre si tu n'as pas été un Lord Macaulay. A ta personne ton père n'a pas pris grande part, il n'a apporté qu'une très mince contribution ; les enfants, nous seules, les mères, les avons, c'est nous qui vous

abritons, vous gardons dans nos pensées, vous enve-
loppons dans les rets de violentes et fécondes
amours inavouables. Le père, ton père, mon enfant,
n'a jamais été autre chose qu'un élément décoratif,
un prétexte à aimer dans l'enfant toutes ses vertus
à lui : celles qui ont une forme et celles qui n'en ont
pas, celles qui ont un nom et celles qui n'en ont pas,
celles qui servent à quelque chose et celles qui, si
bizarre que cela paraisse, servent aussi à quelque
chose.

Lord Macaulay, mon enfant, aurait joué un grand
rôle s'il avait été ta mère. S'il avait été ton père il
n'aurait fait que son devoir. Mais le temps, Eliacin,
est une chose contre laquelle je n'ai pas encore
découvert le moyen de lutter.

43.   *Les monarchies*

Il est amusant de penser aux monarchies. On peut
s'allonger sur un sofa et se mettre à penser, comme les prêtres indiens : je commence à ne plus avoir
de doigts de pieds, je ne sens plus mes doigts de
pieds, le pied m'est tombé de la cheville, ma jambe
se termine à la cheville, le mollet fond comme du
sucre, comme on est bien sans mollets ! les cuisses
se perdent comme un bateau qui s'éloigne sur la
mer, il est réconfortant de se sentir sans cuisses ; la
monarchie s'estompe tel un subtil petit nuage, elle
repose dans des limbes étranges sans boussole et
sans horloge.

Défendons notre propre monarchie parce que
c'est le dernier réduit de notre cœur. Le cœur n'est
pas dans la poitrine, mais fiché dans la partie la plus
secrète et la moins montrable de nos monarchies.

Ne défendons pas, obstinément, l'endurci, l'in-
flexible roi. La monarchie n'est pas liée à la personne du roi. Mais la monarchie, sans doute, a

besoin d'un roi : un roi qui fasse battre, pour une
certaine cause, notre cœur insatiable.

44. *L'Italie, la France, l'Espagne,*
notre vieille Angleterre

En Italie, les mères aiment leurs fils et se sentent
toujours un peu de belles et violentes Béatrices.

L'amour maternel, dans la concrète et douce
France, est souvent un spectacle instructif, riche en
secrètes perspectives. Madame Bovary fut une mère
sans reproche.

Dans la lointaine Espagne, les mères mordent
leurs fils dans le cou, jusqu'au sang, pour leur prou-
ver leur tenace et constant amour. C'est ce que
raconte Mr. Borrows, qui colporta et vendit des
bibles à travers la vaste Castille, selon ce qu'affirme
Mrs. Perkins, cette dame si pleine de ressources qui
tua son mari en lui administrant un lavement d'acide
nitrique coupé d'eau.

Dans notre vieille Angleterre, les mères n'ont pas
une manière fixe et prévue d'aimer leurs fils. En
ceci, comme en bien d'autres matières, règne une
grande liberté.

45. *J'aime le jeu de cartes espagnol*

J'aime le jeu de cartes espagnol, le jeu des
bâtons, des coupes, des épées et des deniers. Il est
plus excitant et aussi plus poétique de jouer avec le
jeu de cartes espagnol.

Chaque carte du jeu espagnol est un inépuisable
vivier de suggestions, toutes accueillantes, caressantes et amicales. Avec le jeu de cartes espagnol, les
veines les plus profondes de la nuque distillent une

délicieuse et très fine sueur, une sueur qu'aperçoivent seules les personnes élues.

Toi, tu ne t'es jamais senti très attiré par le jeu de cartes espagnol et moi, j'avais beau t'inciter à l'aimer, je n'essuyais que des réponses évasives et même des rebuffades. Vraiment, ton développement glandulaire a été très tardif.

46.   *Plan de réforme urbaine*

Les gens s'occupent beaucoup à présent de ce que l'on appelle, d'une manière quelque peu mystérieuse, le plan de réforme urbaine.

Dans certains pays, mon enfant, Urbaine est un nom de femme. Les femmes qui s'appellent Urbaine ne sont généralement pas belles, mais en revanche, elles ont de bons sentiments, d'aimables réactions, des affections durables, des principes inébranlables.

Cela n'a pas grand sens, cette histoire de plan de réforme urbaine. Les urbanistes fourniraient une preuve incontestable de leur bon sens s'ils passaient leurs loisirs à pratiquer un art utile, tel Isaac Walton, le parfait pêcheur à la ligne. Peut-être alors les rues et les places des villes seraient-elles tracées avec une plus grande sincérité. Tout est possible.

47.   *Le sablier*

Il est amusant de voir passer le temps par la gorge étroite du sablier.

Alors que j'écris ces lignes en souvenir de toi, Eliacin, nous sommes lundi. Le sablier n'indique pas les jours de la semaine. C'est un sablier très petit, mais je sais que c'est lundi, j'en suis sûre, personne ne pourrait m'ôter de la tête qu'en ce moment nous sommes exactement lundi.

Parfois je me sens mourir, le lundi surtout, envahie par un désir vague et très fort de me trouver trois ou quatre jours plus tard, un jeudi ou un vendredi, par exemple. Alors je me dis : aujourd'hui sûrement c'est jeudi. Je m'efforce de me croire à jeudi et j'y parviens presque, alors je m'imagine que c'est lundi, mais que cette idée n'est qu'une erreur. Aussitôt je regarde le calendrier et l'en-tête du journal et je constate que l'un et l'autre sont victimes de la même confusion, de la même hallucination que moi. Je sors dans la rue et je demande à la première dame sympathique que j'aperçois : « Auriez-vous la bonté, madame, de me dire quel jour de la semaine nous sommes ? » La dame me répond : « Avec plaisir : aujourd'hui, chère amie, c'est lundi, c'est lundi pour toute la journée demain ce sera mardi ; après-demain mercredi ; après-après-demain jeudi et ainsi de suite. »

La commune croyance d'après laquelle tous les lundis sont des lundis est fort répandue. Il serait plus beau qu'une partie de l'humanité soutînt fermement que certains lundis sont des jeudis.

Peut-être, si l'O.N.U. faisait construire des sabliers publics, capables d'indiquer les jours de la semaine et les mois de l'année, pourrait-on y parvenir.

Tant qu'on ne prendra pas une mesure héroïque et quasi révolutionnaire, je resterai prisonnière de la galère du doute, sans pouvoir décider moi-même quel jour de la semaine je vis et quel jour je voudrais vivre.

Ceci, mon enfant, n'est pas le libre arbitre.

48. *La solitude*

Il y a longtemps de cela, mon enfant, j'ai pensé que la solitude la plus rigoureuse pourrait me restituer ton ombre sur les objets. Mais ce n'est pas vrai. Ton ombre, parfois, se présentait, oui, mais floue, terne, dénuée de tout charme.

Toi-même, mon enfant, ton souvenir, je le saisis mieux parmi les hommes, les animaux et les choses, parmi les minéraux, les oiseaux de la forêt et les végétaux du jardin. Peut-être cela ne te déplaît-il pas. Je fais tout au monde, je te le jure, pour te sentir plus près de moi, au-dessus de moi.

La solitude, mon enfant, n'est pas le bois qui convient pour y graver ton nom, pour en retrouver la trace du bout des doigts, Eliacin.

49.   *Les hivers dans la serre*

T'imagines-tu, cher Eliacin, les tendres, les ennuyeux hivers des oignons de tulipes dans la serre tiède et humide, dans la serre viciée ?

Parfois, mon enfant, j'aimerais me transformer en une petite poignée de fumier de la serre ou en cette câline araignée aux pattes longues et velues, suspendue, d'une manière presque invraisemblable, au bout de son fil qui brille impudemment au soleil.

Quelquefois, au contraire, j'ai envie de détruire la serre, de la détruire follement : j'errerais avec délectation parmi ses ruines, posant mes pieds nus sur le verre cassé, sur les briques cassées, sur les intacts et miraculeux oignons de tulipes.

50.   *Cette chauve tête de mort que nous portons en nous, bien que nous essayions de l'oublier*

J'ai toujours été élevée dans l'idée que les têtes de mort sont sèches comme les yeuses de la forêt anéanties par la foudre.

Et mon orgueil fut puni par Dieu qui m'a condamnée à t'avoir toujours présent à la mémoire, mon enfant, avec ton crâne qui sert désormais de chambre nuptiale aux méduses.

Mais cette idée ne me console pas davantage, Eliacin, tu as une mère fort peu résignée.

51. *Je voudrais composer un poème*

Je voudrais composer un poème en ton honneur, un poème où tiendraient les mots les plus beaux et les plus expressifs : enfant, gris, désespoir, fuite sournoise, jambes, sacrifice, sentiment, bonbon, proche horizon, adieu.

Si j'avais du courage, Eliacin, je composerais un poème à ta mémoire, un poème où tiendraient les mots les plus beaux et les plus expressifs : adolescent, gris, irrémédiable, fuite honteuse, cuisses, agonie, amour, fruit sec, horizon à portée de main, adieu pour toujours.

52. *La peau, ce sismographe*

Quand l'espèce humaine échappera au sentiment de sa propre vilenie, elle se servira de la peau, cette grande invention, comme sismographe.

Moi, je peux te le dire, mon enfant, je me sens très heureuse quand un frisson parcourt mon dos, ou quand les poils de mes bras se hérissent, ou quand je touche la peau gelée et un peu rèche de mes tempes.

Alors je comprends que, de tes yeux, sort un minuscule poisson aveugle.

53.   *Sans loup, sans gant, sans masque*

Ils sont ainsi, Eliacin, les héros les plus honnêtes, ceux qui, comme toi, ont préféré donner aux poissons marins ce que nous, les mères terrestres, n'avons pas su retenir.

Ah ! si j'étais un violent et piquant poisson des abîmes, ou le sable si fin des grands fonds, ou du sel !

Sans loup, sans gant, sans masque, on peut aussi mourir, Eliacin, sans peine ni gloire. En traînant après soi même les péchés que l'on n'a pas commis, les plus anciens et les plus doux péchés, ces péchés qui nous eussent changés en cymbales vibrantes, ou qui sait, en tendres petites boîtes à musique.

54.   *Les petites fleurs champêtres*

J'aimerais avoir commencé, lorsque j'étais encore jeune et, sinon belle, du moins fraîche, vers cette époque où tu vins, sans surprise aucune, au monde, une collection bien ordonnée de petites fleurs champêtres.

Séchées avec soin et collées, une à une, sur une feuille de papier barbe, la collection de mes petites fleurs champêtres occuperait maintenant une armoire entière, une armoire miraculeuse.

Moi, à présent que je suis seule, je passerais mes heures de loisir devant ma collection, comme un fossoyeur, à m'imaginer de violentes joutes avortées d'amour floral, qui est, peut-être, de toutes les amours, le plus cruel et le plus maudit.

Grâce à mon armoire habitée de mauvaises pensées, mon enfant, le monde me paraîtrait moins blanc qu'il ne l'est aujourd'hui. Et toi, qui sait, tu te

montrerais derrière la marguerite ou sous le vertueux
ajonc.

Si j'avais une belle collection de petites fleurs
champêtres, Eliacin je voyagerais jusqu'à la mer qui
te berce, et je l'y laisserais tomber, d'un seul coup,
sur les vagues.

Mais je n'y ai pas songé à temps.

55.   *La présence du diable*

Quand j'étais petite le diable m'apparaissait presque toutes les nuits. Il prenait, pour m'apparaître, les
formes les plus variées. Tantôt il faisait semblant
d'être un tout petit chien de couleur cannelle, qui
sentait le jasmin ; tantôt une minuscule araignée
noire à l'odeur de menthe ; tantôt, une légère lueur
sur le mur qui brillait à la façon des lucioles ; tantôt
ton grand-père, Eliacin, qui avait une corpulente
silhouette mais une voix aiguë.

Mon père, mon enfant, a toujours été très malheureux parce que, bien qu'il fût très heureux, il ne le
croyait pas. Quand il venait, la nuit, me donner sa
bénédiction et un baiser sur le front, il sentait très
fort le soufre.

Moi, à cette époque, mon enfant, j'étais si naïve
que je me réjouissais d'être la fille du diable. Quand
j'y pensais, les yeux bien clos, je sentais une légère
chaleur courir sur ma poitrine comme un mille-
pattes affolé.

Ensuite les choses changèrent beaucoup.

56.   A pied ? A cheval ? A bicyclette ?
En diligence ? En automobile ? A bord
d'un luxueux transatlantique ?
Par le train ? En avion ?

Pour te chercher, Eliacin, pour me rendre en prison à ta place, je ne perdrais pas mon temps à choisir.

Quand on aime d'un amour aussi fermement dénué d'illusions que le mien, mon enfant, on ne gâche pas sa poudre en salves ; c'est bon pour les amoureux dont la pendule marque encore les heures de l'illusion.

Pour te chercher, Eliacin, pour m'offrir à la médisance à cause de toi, je ne ferais cadeau à personne d'une seule minute ; personne ne pourrait me la rendre.

Je ne sais pas comment tu vois les choses. Mais je suis certaine que, à ma place, tu ne les verrais pas d'une manière très différente de la mienne.

57.   L'argot

Si je savais bien parler argot, personne ne pourrait m'entendre dire un seul mot qui n'en fût pas.

Si je pouvais encanailler ma langue, je ne la remuerais plus jamais en faveur de la vertu.

L'argot, mon enfant, est un peu ce parent écervelé que tous envient mais feignent de mépriser.

J'aurais aimé pour toi, Eliacin, une vie d'argot.

(Ne fais tout de même pas trop attention à ce que je dis : ce sont peut-être là des choses que nous disons, nous, les mères dont les fils moururent glorieusement en accomplissant leur devoir).

58.   *Navigation à voile*

Si nous vivions toi et moi au temps des bateaux à voile, ah ! si nous y vivions, toi et moi !

Au temps de la navigation à voile, la mer semblait une alcôve dans laquelle — quel dommage d'être né à contretemps ! — toi et moi nous nous serions rencontrés.

En nous voyant, peut-être n'aurions-nous pas su que nous dire. Pour ces moments d'indécision, les dieux ont créé le sens de l'odorat, qui est un peu comme le radar des âmes.

Au temps de la navigation à voile, Eliacin, la mer feignait d'être un bois aux amoureux sentiers, une forêt dépucelée par amour.

Aujourd'hui, il n'en est plus rien.

59.   *Notions d'architecture*

L'arc en doucine, Eliacin chéri, est un arc simple à discerner. Mais c'est la simplicité que, en ce moment du moins, je veux pour toi.

Pourvu de quelques notions d'architecture, mon enfant, un homme comme toi serait irrésistible aux yeux des femmes de tous âges, même des vieilles comme moi.

L'arc en fer à cheval, Eliacin chéri, est un arc élégant et dangereux. Cependant ce n'est pas l'élégance, mais le danger que je veux pour toi — tel du moins que je t'aurais souhaité.

Pourvu de quelques notions d'architecture, mon enfant, un homme comme toi meurt noyé dans les pleurs des femmes qu'il a brisées pour toujours, des femmes qui n'ont pu soutenir son regard. Ni rien, absolument rien : telle est sa force.

L'arc en ogive, Eliacin chéri, est un arc secourable et gracieux. Mais ce n'est ni la charité ni la grâce que j'aurais recherchées en toi.

Pourvu de quelques notions d'architecture, mon enfant, un homme comme toi passe sa vie l'âme nourrie d'amour.

Mais, en vérité, Eliacin, tu n'as jamais eu les plus élémentaires notions d'architecture. Toi, Eliacin tu serais plutôt un déserteur.

60.   *Animaux en liberté*

T'imagines-tu, mon enfant, les animaux de la montagne en liberté, les bêtes nuisibles et les inoffensives et sentimentales petites bêtes, le loup et la fouine, le daim et le chamois, la vipère et le chardonneret ?

T'imagines-tu, mon enfant, la vie primitive de la forêt, bruissant de tous ces animaux en liberté, de tous ces cœurs battant sans mesure ?

Au fond de la mer, mon enfant, les poissons jouissent d'une plus grande liberté encore, d'une liberté plus silencieuse, plus intime, plus personnelle.

Je voudrais être un sale poulpe des abîmes, mon enfant, pour pouvoir t'étreindre, pour te dire à l'oreille : « maintenant tu ne t'échapperas plus ». Et pourtant je sais que tu ne m'entendrais pas, que tu as toujours fait la sourde oreille aux paroles de ta mère, Eliacin.

Et je voudrais aussi — vaine prétention ! — être une sirène de la falaise, mon enfant : je te réciterais Homère, ou, du moins, te séduirais un peu.

60 *bis.*   *Animaux en liberté*

(Autre version)

Si tu étais un animal en liberté, Eliacin, un renard,
une taupe, un grillon, un vautour, je te poursuivrais
sans pitié, je te poursuivrais avec des chiens, avec des
pièges, avec du poison, avec les armes les plus pré-
cises et les plus mortelles. Tout, Eliacin, plutôt que
de te voir t'échapper à nouveau, comme une mouette
honteuse, par les chemins que la mer efface, impitoya-
blement, chaque matin.

Mais toi, mon enfant, tu n'es pas un animal en
liberté. Je te demande pardon de ne pas avoir su faire
de toi un animal en liberté, un moineau, un cerf-
volant, un lièvre.

61.   *La débâcle du mark pendant*
l'autre guerre

En Suisse, dans les pays scandinaves, en Espagne et
en de nombreux autres endroits, une foule de gens
furent ruinés par la débâcle du mark pendant l'autre
guerre. On eût dit la fin du monde.

Que les billets de banque puissent faire naître des
peurs de ce genre, voilà une plaisante pensée ; les
peines que j'ai ressenties dans ma vie étaient d'un
tout autre ordre.

Et la dernière, Eliacin, je l'attends encore.

62.   *Les petits cailloux polis qu'entraîne*
l'eau

Dans les rivières de montagnes, Eliacin, l'eau
coule en entraînant de petits cailloux polis, bien

lavés, des blancs, des noirs, des bleus, des rouges... c'est selon.

Les insectes qui volent au-dessus des eaux : la libellule transparente, le papillon orthodoxe ; ceux qui se bercent sur les joncs de la rive : l'araignée maternelle, la monstrueuse et féroce mante religieuse, tous regardent, surpris, les petits cailloux polis et colorés, qui vivent dans le lit de la rivière, et, dans leur langue inconnue, ils leur donnent des noms qui, dans la nôtre, équivalent à diamant, jais, saphir, rubis.

Les petits cailloux polis qu'entraîne l'eau, Eliacin, sont l'image de la fiction, l'ombre lumineuse de la fiction. Je te l'ai dit un jour, sans aucun succès, songeant vaguement que cela pourrait te servir d'avertissement.

Mais tu m'as désobéi.

63.   *Le cadran solaire*

Le cadran solaire a des heures vivantes, des heures de travail ; et des heures mortes, heures de repos et de délassement.

Le cadran solaire ne sert qu'à indiquer l'heure avec fidélité, sans se prêter à aucun compromis.

Le cadran solaire n'avance ni ne retarde et il survit à l'homme qui l'a construit, et à tous les siens.

Le cadran solaire ne connaît ni la maladie ni la mort. La maladie, pour le cadran solaire, ne s'appelle pas détraquement : elle s'appelle tremblement de terre. Sa mort, Eliacin, serait la mort du soleil.

Le cadran solaire offre toujours d'excessives sécurités.

64. *Le commerce*

Dès leur plus jeune âge, mon enfant, certains hommes distinguent, entre mille odeurs, la délicate et persistante odeur du commerce. C'est un don précoce comme n'importe quel autre.

Le jeune commerçant, lorsque dans son cœur commence à fleurir le buisson porteur des fruits qui s'achètent et se vendent, devine au loin les signes compliqués qui jalonnent sa route et le mènent, tel un somnambule ou un illuminé, vers les buts les plus imprévisibles et les plus variés, ceux que l'on atteint rarement.

Dans les familles, lorsque naît un commerçant, on peint les plafonds en vert, pour que la ville entière soit informée de l'événement, et l'on donne une ration supplémentaire aux pigeons voyageurs qui, fatigués d'aller et venir, se sont réfugiés dans le clocher comme des fantômes.

Chez nous, mon enfant, on n'a jamais peint les plafonds en vert. Ton pauvre père (Dieu ait son âme) avait les idées les plus communes, les plus banales, quant à la couleur des pièces. Et nous dûmes nous en contenter.

65. *Les faits divers*

Il y a des gens très importants, Eliacin, des gens d'une importance réelle, et non pas feinte et tolérée, qui se passionnent pour les faits divers, les rixes, les déraillements, les rapts, les assassinats.

Je m'explique, mon enfant, qu'il en soit ainsi. Les faits divers, comme le ciment dentaire, comblent les caries qui minent les âmes simples des contri-

buables. Sans faits divers, mon enfant, sans leur
bénéfique présence, des milliers et des milliers d'hommes chaque jour, se sentiraient défaillir sous l'effet
du grêle et quotidien hennissement conjugal, du
grêle et quotidien hennissement filial.

Toi, mon enfant, qui en ton temps fus aussi un
fait divers — un simple fait divers collectif, évi-
demment —, tu peux inscrire à ton actif une grande,
une énorme quantité de joyeux battements de cœur.

Il y a des gens d'une indéniable importance, Eliacin, des gens connus et respectés, qui occupent, plus
ou moins légitimement, des postes de direction et
de responsabilité, qui se passionnent pour les faits
divers, les empoisonnements, les naufrages, les agres-
sions spectaculaires, les délicates alchimies des affaires d'espionnage.

66.   *Les charpentiers de vaisseaux*

Les charpentiers de vaisseaux chantent, pendant
leur travail, les belles chansons de mer qui plaisent
tant aux estivants, des chansons au rythme monotone, au rythme à goût de saumure, dirait-on.

Les charpentiers de vaisseaux, Eliacin chéri, semblent de besogneux et allègres fabricants de cer-
cueils, les constructeurs joyeux et disciplinés de biè-
res à toute épreuve.

Quand je les vois travailler avec ardeur, mon
enfant, enfin, avec une ardeur modérée, il me vient
à l'esprit des pensées si vaines et si puériles que
j'ose à peine te les dire de crainte que tu ne me
réprimandes.

Mais au bras d'un charpentier de vaisseaux, Eliacin, ta mère, en ce moment, se sentirait très heureuse
de se promener au bord de la mer et de regarder
les mouettes s'échapper, un poisson aux brillantes
écailles dans leur bec rouge, vers les noirs rochers,

les verts et froids rochers de la côte, les humides rochers qui dessinent des ombres atroces sur les nuages couleur de cendre.

Il se peut qu'il existe un air intitulé « La fiancée du calefat ». Je l'ignore, mais tout est possible.

67. *Les cactus*

Les fleurs du cactus ne furent pas mouillées par les eaux du Déluge. Autrement dit : les fleurs du cactus gardent, avec dévotion, comme une relique, la dense poussière de l'Ancien Testament.

Je tressaille à l'idée que Dieu ne veuille, en punition de mes divers péchés, me changer en une feuille de cactus charnue et piquante, en une éternelle et solitaire feuille de cactus.

S'il en était ainsi, mon enfant, j'offrirais le peu que j'ai et que je suis pour qu'un cataclysme extraordinaire m'emporte, fût-ce en lambeaux, vers le fond de la mer.

Sinon, mieux vaut le mal que l'on connaît, le mal qui vous devient familier.

Les fleurs du cactus, Eliacin, vivent au cœur des limbes qui ignorent les pleurs.

68. *Les jolies perles de verre*

J'ai une robe brodée de perles bleues et une autre de perles vertes. Selon mon humeur au réveil, je choisis ma robe. Ce système me réussit assez.

Quant à toi, Eliacin, on remarquait tout de suite que tu nourrissais un vif penchant pour les jolies perles de verre, un penchant précoce, un vif penchant qui ne parvint pas à monter en graine, faute de temps, peut-être.

Les anciens, les véritables sages de l'antiquité devaient aussi se sentir attirés, j'imagine, par les jolies perles de verre, par les petites boules aux aimables couleurs dont j'orne mes robes, ces robes que je choisis, chaque matin, selon mon humeur au réveil.

Lorsque, à mon réveil, je pense à toi, Eliacin, je mets ma robe brodée de perles bleues. Lorsque, à mon réveil, je pense à toi, mon enfant, je mets ma robe brodée de perles vertes.

69. *Les aînés*

Ton pauvre père (Dieu ait son âme), Eliacin, était l'aîné de sa famille, cela sautait aux yeux immédiatement, il n'aurait pu le cacher, même s'il l'avait voulu.

Les aînés, Eliacin, quelquefois même contre leur gré, portent généralement peinte sur le front une tache obscure qui enténèbre leur esprit et leur volonté : être l'aîné est l'une des tâches les plus dangereuses qui puissent incomber à un homme.

Dans certains pays, Eliacin, des pays de très ancienne culture, les fils aînés de chaque famille se réunissent dans la montagne, à l'aube, convoqués par un cor de chasse dans lequel souffle le diable, et ils se masturbent douloureusement jusqu'au bord de l'agonie ; il existe des documents dignes de foi qui le prouvent.

Les vieux des environs, le jour où naît le printemps, se dirigent vers la montagne les yeux bandés et choisissent, au hasard, un fils aîné quelconque pour le précipiter du haut du rocher le plus élevé, parmi les éclats de rire de ses compagnons et les lointaines larmes des jeunes filles qui prient pour son âme tandis que les cloches sonnent le glas.

Elles sont très curieuses, Eliacin, les coutumes qui

existent encore dans certains pays de très ancienne culture.

70. *L'été à la ville*

L'été, mon enfant, est la saison de la ville, le triomphe de la ville, J'aurais aimé passer l'été avec toi dans une ville qui ne fût pas la nôtre, dans un hôtel où il n'y aurait plus eu une chambre de libre ou presque, un hôtel rempli de timides, de fuyants couples de jeunes mariés. Je comprends bien maintenant que tant de bonheur, ce serait trop demander, mais, que veux-tu, je ne vois pas pourquoi je devrais renoncer à tout.

L'été, contrairement à l'opinion générale, est la saison de la ville, l'occasion que la ville attend — avec quelle amère résignation parfois ! — pour se dévêtir et montrer ses charmes et ses cicatrices.

Te souviens-tu, Eliacin, comme nous avons pris du bon temps, cet été où nous sommes restés en ville pour l'enterrement de la vie de garçon de Mr. Mennant, ce monsieur de Singapour, si drôle ? Te souviens-tu des leçons de tauromachie que nous donna M. Jacques Tourneville, de Carcassonne ? Te souviens-tu que le gin rendit malade la soprano Fiorella dei Campi, cette dame rondelette qui vida le contenu d'un siphon sur Sir Edward Harriman ?

Oui, mon enfant, l'été est le miroir de la ville, la nourrice de la ville, l'apothéose de la ville. Comme les gens manquent de courage pour l'apprendre, ils fuient la ville, l'été.

71. *La mine*

L'homme de la mine, Eliacin, garde ses pensées dans le puits profond d'où il sort, tous les jours.

pour pleurer de dégoût sur la lumière du soir. Tu as disparu trop jeune, Eliacin, pour te rendre bien compte des questions élémentaires, celles qui trouvent leur réponse dans l'âge mûr.

Si par hasard une dame d'âge mûr me demandait, par exemple : « La question minière intéresse-t-elle votre fils Eliacin ? » je lui répondrais en la regardant dans les yeux d'un air de défi : « Je l'ignore ; mon fils et moi, madame, n'avons pas l'habitude d'aborder ces sujets. »

L'air de la mine, Eliacin, a un goût de vieille pharmacie ou d'herbier ou encore de main longtemps conservée dans un coffre. Tu as disparu si jeune, Eliacin, que tu n'es pas parvenu à dominer la science des saveurs, cette petite science dont on trouve la clef dans la désillusion.

Ah ! Mais si un jour une hirondelle me demandait : « La question minière intéresse-t-elle votre fils Eliacin ? » je lui répondrais en la regardant dans les yeux avec reconnaissance : « Oui, certainement, mon fils Eliacin me l'a avoué le jour où il garda ma main serrée dans la sienne plus d'une demi-heure, dans un petit café de quartier. »

Le minerai de la mine, Eliacin, peut être de trois sortes : diamant, or et charbon. Il n'est pas vrai qu'il y ait des mines d'étain.

72.   *L'eau de la fontaine*

Tu es entré d'un pas résolu, Eliacin, et tu as dit : « Avec l'eau de la fontaine on peut faire de vraies merveilles. » « Ah oui ? » te répondit cette jeune fille un peu phtisique avec qui tu flirtais (je veux dire Miss Stadford, la sœur du capitaine Stadford). « Oui, de vraies, d'insoupçonnables merveilles ». « Lesquelles ? » « Je vais vous le dire : des ablutions, des gargarismes ». « Ah ! je croyais que vous faisiez allusion, Eliacin, aux jeux d'eau des fontaines ! » « Oui, aussi aux jeux d'eau des fontaines, j'allais le dire, mais je n'en ai pas eu le temps ». « Pardon ». « Vous êtes pardonnée ». « Pourrais-je vous demander une chose, Eliacin ? » Toi, mon enfant, tu as souri avec une grande douceur pour dire non.

(Il serait fastidieux de continuer l'histoire, par le menu, de votre flirt).

73.   *Le bétail à l'étable*

Le bétail à l'étable est aligné comme les enfants à l'école ou la troupe à la caserne. Les vaches, pour le vacher, sont toutes semblables : comme les enfants pour le maître, et les soldats pour le capitaine. Mais ceci est un mensonge, mon enfant, un gros mensonge, un abject et cruel mensonge. Qu'importe !

Le bétail à l'étable montre une telle douceur que les visiteurs moyennement intelligents frémissent d'horreur en le voyant. Il en va de même avec les enfants de l'école et les soldats de la caserne. Les doux, mon enfant, les résignés, les silencieux, gardent intacts en leur cœur les sachets de haine, les réserves accumulées de la haine dont ils rêvent de nous aveugler un jour.

Le bétail à l'étable, Eliacin, est aligné comme les hommes qui attendent qu'on les fusille.

74.   *Les ancestrales coutumes du Tibet*

Tu lisais avec beaucoup de soin, mon enfant chéri, un livre sur les ancestrales coutumes du Tibet, un livre illustré de nombreuses photographies. J'aime à t'évoquer plongé dans l'attentive contemplation des murailles de Lhassa.

Les jeunes gens comme toi, mon enfant, perdent le goût des livres de voyage instructifs, des journaux d'explorateurs, et ils préfèrent répéter les niaiseries des poètes. Les ancestrales coutumes du Tibet, Eliacin, les poètes ne les recueillent pas dans leurs poésies.

Je peux t'affirmer, mon enfant, que parmi les ancestrales coutumes du Tibet, figure aussi l'amour, dans ses manifestations les plus variées. Je ne suis jamais allée au Tibet, Eliacin, pas même aux abords. mais tu peux tenir pour certain ce que je te dis : c'est un Espagnol qui me l'a rapporté, du nom de Sebastian Rico, il était parent du dalaï-lama. Sebastian Rico avait de beaux yeux noirs incapables de mentir. Moi, mon enfant, je fus quelque temps amoureuse de lui, d'un amour, il est vrai, jamais payé de retour, enfin, jamais vraiment.

75. *Cuisine végétarienne*

Elle a de solides partisans dans de vastes secteurs de l'opinion, la cuisine végétarienne. Moi, en particulier, mon enfant, je pense que la cuisine végétarienne convient pour les hors-d'œuvre. Il nous faudrait cinq estomacs, Eliacin : outre la panse, le bonnet, le feuillet et la caillette, un cinquième estomac sans nom, pour pouvoir dire que la cuisine végétarienne est tout à fait bonne, bonne pour le palais, bonne pour les nerfs, bonne pour les muscles et bonne pour l'âme.

La cuisine végétarienne, mon enfant, présente un vice fondamental : l'homme a besoin de s'empoisonner, Eliacin, pour se sentir un homme. L'homme est un animal empoisonné, peut-être l'unique animal empoisonné.

La cuisine végétarienne, mon enfant, c'est l'abdication, c'est renoncer à la crainte de la vengeance, à cette émouvante palpitation, cette isochrone palpitation.

La cuisine végétarienne a beaucoup de partisans, dans de vastes secteurs de l'opinion. Mais peu importe.

76.   *Une collection de fleuves*

Ton oncle Albert avait une grande collection de fleuves. Il consacrait les dimanches matin à sa magnifique collection de fleuves et il passait son temps à téléphoner à leur sujet et à échanger les fleuves qu'il avait en double. Le Nil, le Danube, l'Amazone, la Volga, le Mississipi étaient les fleuves les plus fréquents, les fleuves que trouvaient tout de suite les débutants, les jeunes amateurs. En revanche l'Escaut, la Sarre, le Pô, le Tordera, le Zambèze étaient des fleuves difficiles, des fleuves que gardaient dans leur collection ton oncle Albert, le président Roosevelt, le roi Farouk et quelques autres, très peu.

Ton oncle Albert mourut sans avoir vu se réaliser son grand rêve : la Fédération Internationale des Fluviothèques (F.I.F.), qui aurait eu son siège à Londres. Ton oncle Albert a toujours été un rêveur.

A son enterrement, presque tous les collectionneurs de fleuves de tous les pays étaient représentés ; seuls s'abstinrent les éternels dissidents, il y en a toujours. Le moment où l'on ferma le cercueil fut très émouvant, tous les fleuves du monde pleurèrent.

(Notre famille, mon enfant, se voit décimée par la fatalité. Ton oncle m'a légué, par testament, sa collection de fleuves. Je ne sais qu'en faire et j'aimerais pouvoir te consulter. Peut-être le plus sage serait-il de rendre à chaque fleuve sa liberté, je ne sais. Les fleuves du monde couleraient dans leur lit en criant : Mrs. Caldwell est notre Abraham Lincoln, Mrs. Caldwell est notre Abraham Lincoln.

77.   *Je hais de tout cœur*

Il y a tant de choses que je hais de tout cœur, mon enfant chéri, que j'aurais le plus grand mal à te les énumérer. C'est une vraie bénédiction de se sentir assez vivante et valide pour utiliser un certain nombre d'heures par jour à haïr quelque chose de tout cœur. Je regrette seulement que tu ne puisses te joindre à moi.

Haïr de tout cœur, Eliacin, haïr profondément, attentivement, soigneusement, sans laisser la moindre place à la distraction ou à la lassitude, ce n'est pas donné à tout le monde, cela requiert un patient entraînement, voire des sacrifices.

Ta mère, mon enfant, hait de tout cœur presque tout ce qui l'entoure : l'air qu'elle respire, la femme de ménage qui lave la vaisselle, le chat qui se laisse caresser, l'eau qu'elle boit, le pain qu'elle mange, la théière pansue, les programmes de la radio, la cigarette qui se consume sans reproche, les allées et venues, les meubles familiers.

Il serait plus commode pour nous, Eliacin, que je t'énumère les choses que je hais, mais pas de tout cœur. Nous en aurions fini plus vite et il me resterait davantage de temps pour continuer à haïr de tout cœur.

La seule chose qui me remplisse d'angoisse, je te l'ai déjà dit, c'est que tu ne puisses te joindre à moi. Mais c'est sans remède.

78.   *Le patrimoine de nos aïeux*

Ce que l'on appelle le patrimoine de nos aïeux, mon enfant, ce que les gens appellent ainsi, Eliacin, n'est en général qu'une entité plutôt dénuée de sens. En réalité, personne n'en convient, et je me l'explique, sans l'excuser d'ailleurs, parce qu'il nous est plus commode de poursuivre notre route.

Le patrimoine de nos aïeux, mon enfant, est une expression qu'on doit prononcer la bouche froide et une main appuyée sur la poitrine. Les expressions peu compromettantes, comme religion, famille, patrimoine de nos aïeux, ou unité de l'Europe, doivent toujours être prononcées la bouche froide et une main sur le diaphragme. Inutile de se dépenser.

Lorsque j'étais petite, Eliacin, et que grand-père, mon grand-père, disait : le patrimoine de nos aïeux, cela me coupait la digestion. Certains jours, quand il le répétait deux ou trois fois, il fallait même appeler le médecin. Le médecin, il est vrai, ne m'écoutait pas beaucoup : il préférait parler avec grand-père du patrimoine de nos aïeux.

L'une des premières fois que je trompai ton pauvre père (Dieu ait son âme), je ressentis de grands remords difficiles à expliquer, parce que mon amant, un beau cavalier calabrais qui s'appelait Carlo Dominici, me parla, avec quel total irrespect, grand Dieu ! du patrimoine de nos aïeux, du legs impérissable de nos aïeux.

Maintenant que je suis vieille ou presque, Eliacin chéri, il m'arrive parfois de penser, heureusement cela dure peu, au patrimoine de nos aïeux. Et je me sens réconfortée, bien que cela ne puisse servir de compensation, à l'idée que jamais je n'ai donné le moindre prétexte à personne, non pas le moindre à qui que ce soit, de prononcer comme si de rien n'était : le patrimoine de nos aïeux, cette expression qu'il faut lancer l'esprit distrait, la bouche froide et la main dans une noble posture.

79.   *Les pensions de famille*

Bruyantes, glaciales, maudites, humbles, parfumées, les pensions de famille, mon enfant, sont comme le petit drapeau blanc chiffonné de celui qui se rend sans conditions, doutant d'une magnanimité qui n'existe pas, cette magnanimité dont il n'aurait pas fait preuve, lui non plus.

C'est dans les pensions de famille, mon enfant, que se contractent les plus solides, les plus durables alliances entre des estomacs qui passeraient à première vue pour les plus dissemblables. Ainsi s'accomplit la vieille loi, inexorablement, à la grande joie des visiteurs, des fidèles spectateurs de la misère.

Si j'avais du courage, Eliacin, je dirigerais d'une main ferme une pension de famille pleine de pâles pensionnaires, mal nourris, agonisants, que je tâcherais de traiter mal. Mais le courage me manque, je ne suis plus jeune, et il y a bien peu de choses que je puisse encore souhaiter.

80.   *Benjamin Disraëli*

Comme il est loin déjà le temps, Eliacin, de Benjamin Disraëli et de ses belles jaquettes !

Lorsque je sors dans la rue et que je croise les marins en uniforme, les hommes qui portent le même linceul que toi, il me semble vivre un miracle rare et immérité.

Quand Benjamin Disraëli était un adolescent, avant que nous ne soyons nés toi et moi, le monde n'était pas plus malheureux qu'il ne l'est aujourd'hui. J'envie l'énergie d'un Benjamin Disraëli ; si j'avais eu la même, j'aurai obtenu de la Couronne toute une longue série d'interdictions fort peu précises, grâce auxquelles, peut-être, j'eusse été plus heureuse, toi parti.

Sûrement, les maximes de Benjamin Disraëli sont éditées en un beau volume.

81.   *Le joueur d'accordéon*

J'ai connu un joueur d'accordéon lépreux qui tenait enfermés les petits vers de ses plaies dans une boîte en cristal de roche. Il était vêtu de vert et de rouge et se mettait des boucles d'oreilles d'or terminées par un grelot. Fruit d'un accouplement bestial, dans la plus chaude des colonies portugaises, il était, dit-on, le seul cas dont on se souvînt où le vieux péché de bestialité se fût révélé fécond (sa mère, fille d'un trafiquant d'opium et de pierres précieuses, avait été violée, paraît-il, par un requin, terreur des marins qui sillonnaient cette mer lointaine).

Lorsque je songe au joueur d'accordéon lépreux, Eliacin, je me le représente toujours avec ton visage à toi, ton propre sourire dessiné sur ses lèvres violettes. C'est une idée qui m'assaille lorsque le jour se lève, trop lumineux, et que la ville surgit telle une inconnue, comme rajeunie tout à coup par tous les jeunes gens qui l'ont échangée contre les abîmes vert bouteille.

82.   *Myriam, la joueuse de lyre*

Jouer de la lyre, Eliacin, est une occupation pour esprits délicats ; j'aurais beaucoup aimé, si cela avait été possible, que tu te maries avec Myriam, la joueuse de lyre.

Je sais qu'elle est plutôt un laideron, et qu'elle a un œil de verre, mais d'excellente qualité ; je sais qu'elle est de santé fragile, qu'elle frise la soixantaine, mais que t'importe, à toi qui es mort ?

Jouer de la lyre, Eliacin, est le propre des âmes exquises, des êtres qui vivent avec un papillon de couleur tatoué entre les sourcils ; il ne m'aurait pas été désagréable du tout d'avoir une belle-fille qui eût passé les longues veillées d'hiver à jouer de la lyre, assise sur des coussins de velours cramoisi.

L'humanité est en train de perdre le goût de ce noble passe-temps : jouer de la lyre ; et cette idée me cause une profonde angoisse.

N'est-ce pas, Eliacin, que si tu le pouvais tu ferais plaisir à ta mère, et aurais beaucoup d'enfants avec Myriam, la joueuse de lyre ?

Je vais le lui dire.

83.   *Les institutions qui fixent les relations entre homme et femme*

Malgré ce que je te dis au chapitre précédent, Eliacin, le mariage, en soi, n'est pas bon. Le cas de ton mariage avec Myriam, la joueuse de lyre, est différent.

Le mariage est sale et impur ; l'état parfait de l'homme et de la femme c'est les fiançailles. Le mariage tue l'amour, ou du moins, le blesse grièvement.

C'est la faute des législateurs, comme d'habitude, qui autorisent la fécondation naturelle.

84.   *Fruits tropicaux*

Mon enfant, je vais te faire cadeau, quelle joie ! d'un pyjama entièrement brodé de fruits tropicaux, bananes, chérimoles, kakis.

Dans ton pyjama à fruits tropicaux, Eliacin, tu offriras quelque ressemblance avec un oiseau de paradis.

Je ne parviens pas à m'expliquer comment les mères qui ont la chance que je n'ai pas, tu me comprends, n'habillent pas leurs fils, pour qu'ils dorment heureux, de fruits tropicaux, de très doux, de trop sucrés fruits tropicaux.

85.   *La superboussole*

Quelle stupidité ! Un jour viendra, Eliacin, où tous les hommes inventeront la superboussole, une petite aiguille hystérique qui indiquera beaucoup plus de nords qu'il n'est besoin. Tout cela provient, mon enfant, de notre difficulté à nous arranger des nords, rares ou abondants, que nous avons à notre portée.

Malgré tout, c'est une grande chance pour moi de savoir que tu n'entreras jamais dans une boutique d'objets de précision pour t'acheter une superboussole avec tes économies.

C'est ma petite vengeance contre les mères affligées qui, dans leur aveuglement, se consolent à l'idée de pouvoir être grand-mères.

La superboussole, Eliacin chéri, finira par être un grave péché dont nous ne saurons jamais comment nous repentir.

D'ici là, laissons passer le temps. Tu verras.

86.   *Les trains de marchandises*

Essoufflés, presque humains, haletants, les trains de marchandises, avec leurs bœufs d'abattoir, leurs briquettes, leurs machines agricoles, leurs frigidaires remplis de poisson, s'en vont par la campagne et par-dessus les ponts, semant dans le cœur des enfants les petites étincelles de l'espoir.

87. *Les nuages*

Si je te voyais apparaître entre les nuages, Eliacin, avec des ailes bien cousues dans le dos, comme un ange, ou avec une baguette magique à la main, comme une fée, je deviendrais probablement folle de tristesse.

Les nuages, mon enfant, avec leurs molles tranchées et leurs mouvantes fondations, recèlent d'indéchiffrables théorèmes dont la teneur n'est pas bonne pour les hommes. Te souviens-tu de cet escaladeur de tours, Eliacin, qui un jour de brouillard escalada, un par un, tous les nuages du ciel et disparut à jamais ? D'après les pâtres des montagnes, qui le virent, il avait la tête vide et dans son crâne couvaient les œufs minuscules des tempêtes, ces petits œufs qui, lorsqu'ils éclatent, font sursauter le monde.

Les nuages, Eliacin, sont faits des âmes de ceux qui meurent sur la potence et des âmes des enfants aux péchés précoces. Ainsi, dans les pays du soleil, surviennent parfois des phénomènes inexplicables, de subtiles bizarreries.

Si je te voyais apparaître entre les nuages, Eliacin, je suis sûre que je deviendrais folle de tristesse. Ce n'est pas sous forme d'ange que je t'aime, mon enfant. Pas davantage en hôte du nuage blanc, du nuage gris, du nuage noir.

C'est d'une manière beaucoup plus simple et impossible.

88.   *Les crayons de couleur*

Avec toutes les couleurs de l'arc-en-ciel, mon enfant, se sont allumés un à un tous les crayons de couleur du monde, et il restait encore des couleurs.

Avec les couleurs les plus faciles à inventer, Eliacin, avec les couleurs pures, au nom connu, se sont allumés les crayons dont se serviraient les très petits enfants, les crayons presque comestibles qui finiraient par se transformer, à force de passer et repasser sur le papier, en ailes de canard et en meurtriers aux yeux de cerf.

Au fond du ciel, Eliacin, là où tout est d'un bleu vague et terne, on voit encore les ruines de la première fabrique de crayons de couleur, une petite fabrique où travaillent toujours, parmi les pierres éboulées, des hommes vieux et barbus, vêtus comme les artisans allemands du Moyen Age.

(La boîte de crayons de couleur que je t'ai offerte le jour de ton anniversaire, Eliacin, comme c'était une boîte qui n'allait jamais servir, contenait, au lieu de crayons de couleur, des coquillages marins nacrés, un colibri empaillé et deux ou trois brins de violettes ; j'ai beaucoup pleuré en posant ta boîte de crayons de couleur sur ton oreiller, Eliacin, mon enfant.)

89.   *Les chrysanthèmes*

Elles ne sont pas odieuses, les fleurs du chrysanthème, elles ne sont pas aimables non plus. Les fleurs du chrysanthème, Eliacin, renferment entre leurs pétales les atomes indestructibles et fidèles du cœur des samouraïs.

Les mères qui portent des fleurs sur la tombe de leurs fils morts, Eliacin, choisissent toujours le chrysanthème parce que c'est la fleur de la compagnie, la fleur puante qui sait s'harmoniser avec la douleur comme un ver.

Dans les jardins où les chrysanthèmes naissent pour être égorgées en temps voulu, mon enfant, habite aussi l'escargot où se réfugie la douleur, la cassolette vide où la douleur accroche ses écriteaux « à louer ».

Si tu savais, Eliacin, comme il est difficile d'arriver à comprendre le chant aigu du chrysanthème, surtout pendant la période des amours ! On a écrit de gros volumes sur ce sujet, mais aucun ne parvient à des conclusions moyennement approximatives.

90.   *Une excursion quelconque*

1

Lorsque tu partais en excursion, mon enfant, une excursion quelconque, tu te sentais explorateur de l'Himalaya ou vaillant défenseur de la science la plus décriée ; et moi, Eliacin, je me mettais à trembler rien qu'en pensant à ton retour, généralement une véritable catastrophe.

De tes excursions, mon enfant, même une excursion quelconque et sans la moindre importance, tu revenais épuisé et de mauvaise humeur, les traits défaits, les cheveux et le pouls en désordre, les yeux brillants de fièvre et les vêtements en lambeaux.

Mais je ne te disais rien, Eliacin, la défaite m'a toujours inspiré du respect.

2

Ou bien. Quand tes oreilles devenaient plus transparentes que jamais, mon enfant, et qu'autour de ta tête naissait le halo précurseur des excursions, Eliacin, je souriais intérieurement, d'un sourire que je n'ai jamais voulu croire sincère, parce que je savais tout ce que les excursions représentent pour la jeunesse.

Mais je me taisais, je me taisais toujours, quoi qu'il advînt. Quelques mères feignent la plus totale ignorance quant au résultat des excursions.

91.   *Education prématrimoniale*

Elle n'a pas encore pris assez d'ampleur, Eliacin, l'éducation prématrimoniale. Et l'éducation prématrimoniale, mon enfant, surtout celle de la femme, même si elle frôle la pornographie, est d'une importance insoupçonnée de ceux qui nous gouvernent.

Grâce à l'éducation prématrimoniale féminine, mon enfant, les jeunes mariés distingueraient la forme des nuages, elles connaîtraient les lois bizarres de la cote des valeurs publiques, elles seraient capables d'exécuter les sauts périlleux les plus up to date, elles prévoiraient le temps sans faire beaucoup plus d'erreurs que les paysans, et serviraient, en tout, de complément à cet ami malheureux, toujours si à court de compléments, que possèdent tous les maris.

Elle n'a pas pris encore assez d'extension, Eliacin, l'éducation prématrimoniale de la femme. Mais il y a tout lieu de croire que cette lacune sera comblée quelque jour, peut-être plus très lointain.

Lorsque ceci se produira, mon enfant, les ménages brûleront de joie, comme les greniers à paille, avec de très hautes flammes, jetant des milliers et des milliers d'étincelles de feu de sept couleurs. Ce sera un très grand et très heureux jour pour l'humanité, Eliacin.

92. *Les lunettes noires*

Tes lunettes de soleil, Eliacin, ces lunettes noires avec lesquelles tu avais l'air aussi bizarre qu'un Français, j'ai été très contrariée le jour où je les ai perdues dans l'autobus.

Moi, Eliacin, je portais toujours sur moi tes lunettes noires pour les caresser et les passer avec soin sur mes joues et sur mes paupières lorsque personne ne me regardait, et un jour, l'autre jour, je les ai perdues d'une manière inexplicable, d'une manière qui m'a remplie d'angoisse et d'abattement.

(Il est clair, Eliacin, très clair maintenant, que tout s'acharne à nous séparer, à couper les faibles amarres qui pourraient encore nous relier. Si seulement je possédais plus de hardiesse — ce n'est pas notre fort, mon enfant — je me sentirais mieux armée pour le combat).

Avec tes lunettes noires, Eliacin, tu n'étais pas beau, mais tu étais caractéristique. J'ai ressenti une vive contrariété le jour où je les ai perdues dans l'autobus, une vive contrariété dont je pourrais rendre responsables bien des gens, mais je m'en garde.

93. *Leçon de natation*

Même si, depuis mon enfance, j'avais reçu quotidiennement une leçon de natation, mon enfant, je ne crois pas qu'à cette heure je saurais nager. Peut-être est elle bénéfique, après tout, cette mienne ignorance, ce manque d'adresse qui, moyennant un peu de courage, pourrait me conduire si rapidement là où tu es à m'attendre.

Une des choses qui me préoccupent le plus, Eliacin,

c'est le souvenir de ton impeccable style de nageur, de ta rapidité, de ta résistance. Un nageur au milieu de la mer, mon enfant, un véritable nageur, pourrait jouer à la perfection, avec une force tragique oubliée, le dur rôle de Tantale.

Sur une carte, Eliacin, la Mer Egée est pleine de clous ardents, pleine de planches engourdies.

Pardonne-moi de passer à un autre sujet.

94. *Leçon d'équitation*

Aimerais-tu, Eliacin, être un fortuné et jovial jockey d'hippocampes, courir, le vent dans le dos, le Derby des hippocampes ? Ah ! que ne suis-je sirène de la mer, mon enfant, brise de la mer, goutte d'eau de la mer, poulpe femelle ou dauphin femelle de la mer, pour acheter tous les hippocampes à vendre et les faire courir, montés par toi et tes camarades, et tu gagnerais toujours, Eliacin !

Cette idée me charme tant, mon enfant, que désormais et dès demain je vais m'appliquer de mon mieux pendant la leçon d'équitation, que j'ai subie jusqu'ici sans aucun enthousiasme, comme une vieille bague que l'on tolère. Et si je parviens à mériter les félicitations de mon professeur, Eliacin, je te promets de faire l'impossible pour décider l'Amirauté à offrir une coupe que je gagnerai tous les ans, coûte que coûte, et t'offrirai, couverte de petites fleurs blanches et dorées.

Oui, Eliacin, elle est très instructive et très profitable, la leçon d'équitation que je prends chaque matin afin de jouer un peu les princesses enchantées.

95. *Leçon d'escrime*

J'ai mal au sein gauche, mon enfant, de le savoir si taché de craie. Mon maître d'armes, Eliacin, le fleuret à la main, est une vraie machine automatique à faire des marques à la craie sur le sein gauche de ses élèves, sans distinction d'âge.

Depuis que dans les orphelinats pour nécessiteux, Eliacin, on exerce les enfants au maniement des armes pour gentlemen, le monde vit bien plus qu'auparavant dans le trouble et l'agitation, et tout marche cahin-caha, à la va-comme-je-te-pousse : même si, à n'y pas regarder d'assez près, on s'imaginait le contraire.

Les leçons d'escrime, mon enfant, jettent dans mon esprit une grande confusion. Parfois je pense que j'ai la tête dans le sein gauche et tout à coup je cesse de raisonner. Ce sont des moments très heureux, mais qui durent peu. A d'autres moments, en revanche, je pense que j'ai le sein gauche dans la tête et que mon maître d'armes va me crever les yeux.

96. *Les meubles transformables*

Tu sais bien, Eliacin, que les meubles transformables, ces meubles bons à tout faire, sont plus pratiques qu'élégants, plus utiles que luxueux, gracieux ou solides. Il en est de même pour les animaux transformables : les poules, les chiens de berger, et également pour les hommes transformables : les Allemands, les Américains.

Toi, mon enfant, qui as été élevé dans une relative aisance, tu étais l'ennemi déclaré des meubles transformables, des lits-divans, des échelles-fauteuils, des tables-pliants etc., et tu n'admettais pas que tant de gens commandent à l'ébéniste un lavabo-mur-des-lamentations, par exemple, ou une table de toilette-cheminée-de-l'espoir, harcelés qu'ils sont par le spectre pâle qui hante les poches vides.

Je sais bien, Eliacin, que ton attitude obéissait

aux impératifs du bon ton, mais, que t'en aurait-il coûté de te montrer un peu plus charitable ?

Les meubles transformables, mon enfant, comme les animaux et les hommes transformables, comme les climats et les paysages transformables, comme les amours et les patriotismes transformables, sont les pépites d'or que l'on extrait encore — en suant sang et eau, il est vrai — de la mine d'or quasi épuisée qui fit, en des temps plus prospères, le bonheur des hommes qui n'avaient pas besoin de se transformer en hommes transformables.

Mais aujourd'hui les choses ont bien changé, Eliacin.

97. *Les ballons captifs*

Si tu me le demandais, Eliacin, je serais capable de me hisser à quatre pattes le long du guiderope, jusqu'au ballon captif le plus élevé, jusqu'à ce ballon qui ne semblait pas plus grand qu'un point noir entre deux nuages, en plein milieu du ciel.

Je mettrais des pantalons d'homme pour être à l'aise dans mes mouvements, et je me coifferais d'une grande capeline, pour recevoir l'effort du vent qui me pousserait vers les hauteurs.

Cela doit faire plaisir, mon enfant, de voir le monde depuis un ballon captif, de le voir de si loin qu'il pourrait bien avoir l'air d'un autre ballon captif, plus grand, certes, mais peut-être encore plus captif. Sait-on jamais ?

Si tu me le demandais, mon enfant, je serais capable de m'abîmer les mains, je te l'ai dit, afin que tu puisses me deviner là-haut, plus haute et plus maladroite que les plus hauts et les plus maladroits des oiseaux.

98.   *L'instinct maternel*

L'instinct maternel, mon enfant chéri, est quelque chose de beaucoup moins obscur que les gens ne le pensent, de beaucoup plus facile, peut-être, à deviner qu'à comprendre. L'instinct maternel, Eliacin, se revêt souvent de pourpre ou de fumée car il a honte de laisser voir sa face. L'instinct maternel, mon enfant, est quelque chose qu'il convient, paraît-il, de cacher, de pudiquement voiler.

L'araignée, mon enfant, celui de tous les animaux dont l'instinct maternel se révèle le plus aigu, se déguise souvent en fleur des prés ou en cerf des bois pour ne pas se trouver obligée de fournir des explications à tout moment sur ses bizarres coutumes.

Chez les femmes, Eliacin, et ta mère l'est depuis bon nombre d'années déjà, l'instinct maternel en vient à se cacher sous l'opaque vernis de la bonne éducation. C'est mal probablement, mais c'est ainsi.

Le jour où j'ai remarqué, ne le dis à personne, que je ne pouvais me soustraire à l'instinct maternel, c'est celui où tu as étrenné ton premier pantalon long, un pantalon gris prince de Galles dans lequel tu resplendissais.

Jusqu'alors, j'avais toujours cru que l'instinct maternel était réservé aux femmes mariées les plus modestes de la classe moyenne.

99.   *Les chiens de luxe*

Je voudrais être un chien de luxe, Eliacin, un caniche rêveur, un fox-terrier audacieux, un basset sentimental, un scottish-terrier méditatif, un pointer aventurier, un pékinois renfermé, un indolent lévrier russe, pour ne pas avoir à supporter l'idée de devoir mettre mes habits de fête afin de recevoir les condoléances de mes meilleures et plus vieilles amies pour ta désertion.

Les chiens de luxe, mon enfant, vivent fort éloignés de toutes les convenances sociales, vivent tout à fait en marge de ces liens qui entravent les mères des héros.

Et si j'étais un chien de luxe, Eliacin, un capricieux chien d'appartement, je pourrais m'adonner sans vergogne aux drogues vénéneuses, aux élixirs les plus ensorcelants, sans crainte des médisances, car c'est ce qui me retient aujourd'hui. Nous verrons jusqu'à quand.

100.   *Le sport*

Le sport fortifie les muscles, tonifie l'âme, émousse l'intelligence. Ou bien : le sport ruine la physiologie, amollit l'esprit, aiguise le jugement.

Tu le comprendras, Eliacin : je ne vais pas perdre mon temps — ce temps dont, d'ailleurs, je possède une réserve à ne savoir qu'en faire — à éclaircir ce qui peut bien, à mon avis, rester éternellement confus.

Si tu avais été un sportif, mon enfant, un vrai champion dans un sport que tu aurais toi-même choisi sans que j'ose, à coup sûr, m'immiscer dans ton choix, je ne penserais peut-être pas ainsi. Mais cette hypothèse, je n'ai pas eu à la faire, Eliacin, tu le sais.

101.   *Les écrevisses cuites*

Pierreuses, vermeilles, indéchiffrables, les écrevisses cuites, Eliacin, commencent à dormir d'un

éternel sommeil dans le plat à ramages de la vitrine
du restaurant. Il y a des jours où je m'éveille avec
un désir, peut-être malsain, de manger au petit déjeuner toutes les écrevisses cuites que je pourrais trouver
en ville. Je sors, pleine d'ardeur, dans la rue, puis,
peu à peu, je perds de mon animation, et je finis
toujours par prendre une tasse de thé chaud. Pourquoi ?

Les premières heures du matin, Eliacin, sont bonnes pour les esseulés et les esseulées, pour nous, hommes ou femmes, qui, au fur et à mesure que le jour
croît, sentons croître en nous cette caverne aux
pentes abruptes par où nous a échappé le bonheur :
ce sentiment qui dort, quelque part, dans un creux.

Il y a des jours, cependant, où nous, les esseulés
et les esseulées, rêvons de rébellion et voulons manger des écrevisses cuites au petit déjeuner. En fait,
nous ne pouvons tolérer qu'une tasse de thé bien
chaud.

102.   *Le vin et la bière*

Jamais je ne boirai ni vin ni bière, me disais-tu ;
jamais je ne dépenserai mon argent à travailler à
ma propre ruine. Puis, feignant d'ignorer l'intime
murmure du vin, mon enfant, — mais je sais fort
bien que tes vaines paroles ne répondaient pas,
heureusement, à la réalité — tu disparus en me lais-
sant, à la limite même de l'endroit que tu occupais
dans notre maison, l'ombre presque invisible des
heures que j'aurais dû consacrer à m'enivrer. Je
ne veux pas faire de prosélytes.

En revanche, Eliacin, tu aimas jusqu'à l'imprudence
les plaisirs qu'aurait dû par-dessus tout s'interdire
un jeune homme qui avait tes principes, un jeune
officier de marine. Je ne veux toujours pas faire de
prosélytes.

Je ne crois pas que ce soit un signe de supériorité de mépriser la femme systématiquement, du moins, par vanité. Et feindre de la mépriser, Eliacin, moins encore. Pense que, dans certains cas, peu nombreux il est vrai, cette femme qui se sent méprisée peut aussi être celle qui te permet de la mépriser. Ou de l'aimer, qui sait.

Tu faisais plutôt fausse route à ce sujet, mon enfant, et je pourrais te citer de mémoire une douzaine de noms qui te feraient trembler. Et tu t'abritais derrière tes vains discours sur le vin et la bière, derrière des théories naïves qu'aucune personne de maturité moyenne ne pouvait t'entendre formuler sans sourire.

Mais je ne veux pas te faire de reproches, Eliacin. Je me juge responsable sur tous les plans, même les plus indéfinissables. Savoir perdre sur tous les tableaux, c'est le destin de quelques femmes déjà vieilles. Comme c'est douloureux, mon enfant !

103. *Amusantes demoiselles de Down,
pimpantes demoiselles d'Antrim, joyeuses
demoiselles de Londonderry, coquettes
demoiselles de Tyrone, toujours aussi
aimables, souriantes demoiselles de Armagh,
joviales demoiselles de Armanagh, qui
conservez les très chères traditions anglaises,
contre vents et marées, dans l'Ulster*

A vous, mes filles, va toute mon affection. Si Eliacin vivait je vous le présenterais pour qu'il vous invite à danser.

104. *Les trois filles de Mrs. Sherwood*

Eliacin, t'en souviens-tu ? Les trois filles de
Mrs. Sherwood, si maigrichonnes, si babillardes, si
promptes à s'amouracher, attrapèrent la rougeole :
Mary à trente ans, Elisabeth à trente-deux et Kate à
trente-quatre ans. Comme c'était drôle de voir
Mrs. Sherwood mettre des tulipes rouges aux ampou-
les de la chambre des jeunes filles, t'en souviens-tu ?

Ton oncle Albert, mais ceci tu ne peux t'en
souvenir, aurait voulu te marier avec l'une des filles
de Mrs. Sherwood, qui toutes étaient tes aînées de
plus de dix ans. Avec laquelle, Albert ? Avec n'importe laquelle, qu'est-ce que cela peut te faire à
toi ? Toutes les trois sont travailleuses, toutes les
trois honnêtes, toutes les trois bien élevées. Oui,
lui disais-je, toutes les trois sont âgées pour des
célibataires, toutes les trois n'ont que la peau sur
les os, toutes les trois sont laides et de santé délicate. Eh bien, qu'importe ? Ton oncle Albert, Eliacin, tout occupé à ses fleuves, n'était pas homme à
écouter les arguments, il vivait dans la lune.

Les trois filles de Mrs. Sherwood, Eliacin, allaient
se promener, le samedi après-midi, escortées de leur
mère. Il y avait longtemps déjà que Mr. Sherwood
vivait au Transvaal. Affaires minières ? demandaient
quelques dames à Mrs. Sherwood. Non, grand Dieu !
répondait Mrs. Sherwood, c'est la demoiselle Dolores
Fragoso, une très jolie Portugaise, voulez-vous voir
sa photo ? Alors Mrs. Sherwood ouvrait son sac et
montrait une photo de Mlle Dolores Fragoso, dédi-
cacée. Mlle Dolores Fragoso était l'opposée de n'importe laquelle des filles de Mrs. Sherwood.

Mary, Elisabeth et Kate Sherwood étaient fières
que leur père eût d'importantes affaires minières
au Transvaal.

105.　*Les chapeaux hauts de forme*

Il est vraiment dommage que nous, les femmes, ne puissions porter de chapeau haut de forme, comme les lords. Si quelque femme se jetait à l'eau, Eliacin, je m'empresserais de la suivre : le chapeau haut de forme est une marque de grande élégance, d'une élégance qui se perd.

Ton pauvre père (Dieu ait son âme) avait deux chapeaux hauts de forme, mon enfant, mais il ne les mettait presque jamais. La garde-robe d'un homme, Eliacin, n'est pas complète s'il y manque un chapeau haut de forme, même si plus tard cet homme meurt de vieillesse, sans avoir eu l'occasion de le mettre, sauf en de très rares circonstances.

Le chapeau haut de forme, Eliacin, rehausse la silhouette d'un homme, lui donne de la prestance, lui confère du chic, lui prête de la majesté. Si tous les hommes portaient un chapeau haut de forme, Eliacin, il n'y aurait pas de guerres et tu pourrais être à côté de moi en train d'écouter mes conseils, que je te prie, au moins, de prendre en considération.

106.　*Phrases aimables*

Je voudrais avoir un ample répertoire de phrases aimables, mon enfant, pour les apprendre par cœur, les posséder à fond et pouvoir te les dire, l'une après l'autre, jusqu'à ce que tu te sentes las d'entendre des phrases aimables, épuisé d'entendre des phrases aimables.

Il y a des gens, Eliacin, qui sont des spécialistes de la phrase aimable. Parfois, ces phrases aimables sont opportunes, d'autres fois, elles tombent à contretemps et hors de propos. Mais peu importe, ils les disent comme pour remplir un dur devoir et ils sourient aussitôt, un reflet pacifique brillant dans leur regard.

Si je savais trois ou quatre phrases aimables et si j'arrivais à les prononcer avec naturel, Eliacin, sois assuré que je te les dirais tous les matins. Pour un léger sourire de toi, Eliacin, que ne serais-je capable de faire ?

107. *Les chasseurs de phoques*

Avec leurs amples chapeaux rabattus, leurs vêtements à l'épreuve de l'eau, leurs pipes farouches, les chasseurs de phoques, Eliacin, se font photographier sur les icebergs, exhibant une expression de cruauté infinie, la lance à la main et un pied sur un phoque mort.

Moi, Eliacin, je ne les trouve pas du tout sympathiques, les chasseurs de phoques, ces hommes durs qui poursuivent avec acharnement de si doux animaux.

Entre tous les chasseurs, Eliacin, le chasseur de phoques est le plus rusé et le plus ténébreux, celui dont la sensibilité est la plus endurcie. Moi je crois, mon enfant, que chasser des phoques est un grave péché, un péché qui encrasse le cœur d'une suie grasse et poisseuse.

Parce que les phoques, mon enfant, se laissent tuer comme les premiers chrétiens, sans un geste de haine, sans un mouvement de rébellion.

(Peut-être la chose n'est-elle pas telle que je te la raconte, Eliacin, mais songe qu'une mère ne doit jamais excuser les chasseurs de phoques.)

108.   *Les peurs inexplicables*

Les pires peurs, mon enfant, sont les peurs inexplicables, les peurs sans cause ni raison, les peurs sans queue ni tête, les peurs qui passent du dedans au dehors, qui naissent dans le sang et non dans l'air : la peur de l'obscurité, la peur de la solitude, la peur du temps, les peurs que l'on ne peut éviter parce que leur substance est votre propre substance, la plus intime.

Moi, mon enfant, j'ai toujours eu une prédilection pour les enfants qui meurent de peur, qui font des cauchemars horribles et confus, qui vivent terrorisés à l'idée de se transformer en statue de sel, de devenir une veine de quartz de la montagne, oubliée et dure et solitaire.

Et si j'avais des milliers et des milliers de billets, je dépenserais tout mon argent, ou presque, à engager des démons et des masques de mort pour terroriser les enfants de la ville, les enfants à qui la peur apparaît fardée et édulcorée par les tares familiales.

Toi, mon enfant, quand tu étais un petit garçon, tu vivais continuellement sur le qui-vive, les yeux peuplés sans cesse d'atroces peurs inexplicables.

109.   *Cette tombola de charité où toujours fleurit la joie*

Tu aurais pu gagner un lot, Eliacin, une savonnette, une machine à coudre électrique, peut-être, mais le plus souvent, comme cela arrive d'ordinaire, tu ne gagnais rien ; les tombolas sont faites pour que fleurisse la joie, non pour qu'elle s'étale.

Lorsque je passe devant cette tombola de charité

où toujours fleurit la joie, mon enfant, j'ai coutume de laisser quelques pièces dans sa caisse.

En échange, Eliacin, on me donne de petits papiers, de petits papiers pliés avec un soin infini, où l'on peut lire : *Bon pour une machine à coudre électrique,* mais le plus souvent c'est *Grâce à ton obole tu contribues à faire fleurir la joie dans les foyers pauvres.*

En ville, Eliacin, a pris naissance, comme par hasard, un goût très vif pour le jeu de la tombola de charité où toujours fleurit la joie. Nos voisins et voisines s'approchent de la tombola, achètent subrepticement leurs petits papiers et prennent, pour perdre, un visage conventionnel et souriant. Parfois, les joueurs oublient, pour quelques instants, leur air conventionnel, et froncent légèrement les sourcils ou laissent trembler leurs mains.

Les gens, Eliacin, jouent à la tombola, à cette tombola de charité, où toujours fleurit la joie, avec une foi aveugle dans leur chance, une confiance illimitée qui leur fait croire que la machine à coudre électrique, par exemple, va justement, leur échoir. « J'ai toujours eu beaucoup de chance », entend-on dire fréquemment, ou « j'ai toujours été chéri de la fortune ». C'est ainsi, mon enfant, que tendent à s'exprimer les asthmatiques, les contrefaits, les mutilés, les ulcéreux, les nains. Mais après avoir déplié en hâte le petit papier, que souvent on vous remet trop bien collé, ils sourient, nerveusement, parce que sur le petit papier, au lieu de : *Bon pour une machine à coudre électrique,* on peut lire, calligraphié avec amour : *Grâce à ton obole tu contribues à faire fleurir la joie dans les foyers pauvres.*

Moi, Eliacin, j'estime qu'il n'est pas mauvais que fleurisse la joie dans les foyers pauvres. Mais ce n'est pas bon non plus. En tout cas, faire fleurir la joie et cætera, c'est encourager un renversement des valeurs.

Malgré tout, je laisse fréquemment quelques pièces dans la caisse de la tombola, il se pourrait aussi que la machine à coudre électrique me fût destinée.

110. *La vie de famille*

Pour moi, Eliacin, le chapitre de la vie de famille est clos. Pour toi aussi. Il faut croire que nous n'étions pas destinés par la Providence à mener la vie de famille, à rester après souper à parler et à parler du problème du pétrole, ou à jouer aux gages, ou à prendre un petit verre de liqueur, ou à écrire à une tante éloignée et méfiante dont on va fêter l'anniversaire et qui n'admet pas qu'on oublie de lui envoyer des vœux.

Crois-moi, mon enfant, si je te dis que je ne regrette en rien la vie de famille. Seule on n'est pas bien, c'est possible, mais lorsqu'on mène la vie de famille, pas davantage. La vie de famille, Eliacin, ronge les familles, c'est la drogue qui rend stupides les familles.

Si je craignais de te démoraliser, mon enfant, je ne parlerais pas avec toi de ce trouble sujet, la vie de famille.

111. *Les presse-papiers en bronze*

Ornés de personnages mythologiques, littéraires ou historiques, Eliacin, les presse-papiers en bronze entrent dans certaines maisons dont ils ne sortent jamais. Il serait intéressant que quelque penseur nous entretienne de l'ère du presse-papiers en bronze, de ce temps silencieux, raide et solennel, mon enfant, où l'on mettait son orgueil domestique et même son orgueil public, d'ailleurs on l'y met toujours, dans la taille, l'éclat et de poids des presse-papiers en bronze.

A la maison, Eliacin, depuis ton absence, mon enfant, tout manque, même les objets les plus super-flus, ainsi les presse-papiers en bronze. La maison, Eliacin, telle qu'elle est aujourd'hui, rappelle un peu ce jeune poète qui allait de par le monde avec des souliers percés parce qu'il ne gagnait de l'argent que pour ses plaisirs.

Lorsqu'il me vient, comme c'est rare ! quelque bouffée d'optimisme, quelque élan de joie, — plus éphémère encore que la mort des noyés — Eliacin, je vois surgir, dans une déchirure des nuages noirs à l'horizon, un presse-papiers en bronze représentant Ganymède ou le rapt érotique d'Europe, si rassurant.

Mais quand je retourne, l'oreille basse, à la triste réalité coutumière, Eliacin, je comprends que je suis née à contretemps, que je n'ai pas pu atteindre l'ère des presse-papiers en bronze ornés de person-nages mythologiques, littéraires, historiques.

112. *L'horloge qui gouverne la ville*

L'horloge qui gouverne la ville, mon enfant, s'est arrêtée, peut-être par vieillesse, et la ville a pour-suivi sa marche avec un imperceptible mais salutaire désordre.

L'horloge qui gouverne la ville, depuis sa haute tour, mon enfant, s'est refusée à aller au-delà de sept heures trente, heure qu'attendent les amoureux pour se couvrir le visage d'un loup et porter une main de cire froide à leur cœur. L'horloge qui gou-verne la ville, depuis sa haute tour qui domine les maisons, Eliacin, est morte comme meurent les oiseaux, les bateaux à voile, les ermites d'Onan, les glaces des miroirs, avec une infinie discrétion.

(Sur le cadavre embaumé de notre horloge, Eliacin, de l'horloge qui ne gouverne plus la ville, les peu farouches moineaux et les heureuses sorcières de la ville se refusent à voler. Peut-être est-ce un mauvais présage, mon enfant, un présage encore plus triste que cette silencieuse mort de notre horloge.)

113. *Les pigeons*

Blancs, couleur de cendre, couleur café, les pigeons, Eliacin, volent et volent au-dessus de nos têtes, dans leur monde de cruels courants d'air, leurs limbes aux denses nuées couleur de plomb, leur paradis de montagnes vertes et bleues aux crêtes durement dessinées.

Les pigeons, mon enfant, les odieux pigeons, les égoïstes et antiques pigeons, battent l'air avec désinvolture, avec une familiarité méprisante, comme si l'air était à eux, et ils s'envolent par groupes de cinq ou six, au-dessus des toits des maisons, des toits des hôpitaux, des toits métalliques des marchés de fruits et légumes, des marchés de viande et de poisson.

Les pigeons, Eliacin, volent aussi au-dessus des fontaines, des fleuves, des lagunes de la mer, empoisonnant les eaux et clouant au sol, avec d'invisibles et longues épingles, les enfants qui se miraient, absorbés, dans les eaux.

Dans un monde meilleur, Eliacin, plus juste et plus raisonnable, les pigeons vivraient dans des îles désertes et lointaines, où il serait très difficile d'aller et impossible de revenir, des îles semblables à d'immenses ailes blanches et déchirées, sans un arbre, sans un animal.

Mais si ce monde heureux existait, Eliacin, s'il évinçait le nôtre, si douloureux, son grenier déborderait de milliers d'échardes et de toute la vile poussière des projets manqués, des intentions asphyxiées loin de notre atmosphère.

Ce ne serait pas non plus une solution, mon enfant.

114.   *Verre et faïence*

Tu es entré de pied ferme, d'un pied si ferme que les étagères en ont tremblé, celles où les objets de verre et de faïence attendaient leur destin, dans le magasin de verreries et de faïences, et tu as dit, avec un certain geste autoritaire : « Envoyez chez moi des verres fins, pour douze personnes, et un plat de faïence décoré, suffisamment grand pour qu'y tienne, au large, un agneau rôti de dix ou douze livres environ. »

Les objets de faïence et de verre, Eliacin, dont tu remplissais la maison chaque fois que tu amenais des invités, et c'était, à cette époque, assez fréquent, s'alignaient, la paix revenue, dans l'office, et faisaient un effet relativement éblouissant.

La femme de ménage que nous avions alors, Eliacin, cette jeune veuve qui finit par se sauver avec un mineur italien, me dit un jour :

« Madame, mon fiancé m'a dit de demander à Madame la permission de chanter des tarentelles à l'office. Je me suis permis de lui décrire, Madame, le joli coup d'œil qu'offrait l'office avec les objets de verre et de faïence acquis dernièrement par le fils de Madame, et mon fiancé, Madame, m'a dit : oh ! Lucie (mon fiancé, Madame, m'appelle toujours Lucie, Lucie Gigli, et parfois aussi Lucie Cechi), je serais très heureux si Madame me permettait de chanter des tarentelles dans son office en m'accompagnant au luth, ou bien à la mandore. Voudrais-tu le lui dire ? J'obéis en vous le faisant savoir, Madame, et en vous priant d'accéder à cette requête. »

Je lui dis « oui, mon enfant », mais le mineur italien, lorsqu'arriva le jour convenu, ne put venir.

La femme de ménage que nous avions à cette époque, Eliacin, me dit qu'il avait souffert les très désagréables assauts de la gale.

Et nos objets de verre et de faïence, tes objets de verre et de faïence, Eliacin, vieillirent en silence.

115.   *L'avocat sans causes*

J'ai confié ma cause, Eliacin, à cet avocat sans causes parce que j'ai pensé qu'il aurait plus de temps libre. L'avocat sans causes me reçut très aimablement, mon enfant, et il me dit tout de go : « Moi, madame, je suis un avocat sans causes. Qui a pu vous recommander de me confier votre cause ? » « Personne, lui répondis-je, c'est une décision que j'ai prise moi-même, je n'ai personne pour m'assister, personne pour me conseiller. » « Etes-vous si seule ? » « Eh bien oui, très seule ; à vrai dire je ne peux pas être plus seule que je ne le suis. » « Avec ces yeux ? » « Assez ! »

Ne crois pas que je sois un chardon, Eliacin ; tu sais bien que je n'en suis pas un, mais comprends que je n'étais pas allée voir l'avocat sans causes pour qu'il me fît la cour.

« Madame, reprit l'avocat sans causes, je vous prie de me pardonner ; c'était un malentendu, je n'ai pas voulu vous embrasser, jamais je n'aurais osé. Voyons, parlez-moi de votre affaire. » Alors, Eliacin, je sentis de grands remords de conscience. « Non, de grâce, ce n'est pas le moment ! Si vous saviez comme je me sens seule ! » L'avocat sans causes se leva et dit : « Ah bon ! » Puis il vint vers moi, me serra dans ses bras et me donna sur la bouche un baiser prolongé et savant. Moi, Eliacin, je te rendis un silencieux et tendre hommage.

L'avocat sans causes, mon enfant, avait une fine moustache poivre et sel et des yeux couleur de désillusion, qu'il entr'ouvrait à regret. Il avait aussi des bottines gris perle et une cravate aux couleurs discrètes et de bon goût.

L'avocat sans causes, mon enfant chéri, prétendait avoir été très malheureux avec les femmes. Cela me donna le fou rire, Eliacin, mais je tâchai de le cacher pour ne pas tout faire échouer. « Mais, comment est-ce possible ? » lui demandai-je. « Je ne sais pas, madame, dit-il en me regardant dans les yeux, je n'ai jamais pu en trouver la raison, il faut avouer aussi que je n'ai pas essayé. Les femmes, à quelques exceptions près, parmi lesquelles je veux vous inclure (il me redonna un baiser, mais avec moins de fougue) sont d'ordinaire trop logiques dans leurs réactions. Sachez, madame, que ce n'est ni facile, ni tellement agréable, d'obtenir les faveurs des femmes à la mode. »   « Vraiment ! » lui répondis-je. L'avocat sans causes et moi, mon enfant, nous rîmes beaucoup et nous nous étreignîmes. Ensuite il déboucha une bouteille de champagne et mit une valse au rythme berceur que nous dansâmes joue contre joue. Je ne le revis pas, Eliacin, mais je te jure que l'avocat sans causes était un homme charmant, un gentleman accompli et dévoué.

116.   *La politesse*

Depuis que les hommes sont polis, mon enfant, et je te fais cette remarque au moment où les hommes commencent à cesser de l'être, les choses se sont mises à marcher beaucoup plus mal en ce monde. Il est vraiment regrettable qu'il en soit ainsi, mais ce n'est pas de notre ressort, Eliacin, ne nous égarons pas. Bien que la politesse soit un vice coûteux, mon enfant, les hommes ne veulent pas y renoncer. Les époques de politesse, Eliacin, annoncent en général les époques de famine, les temps où poussent les orties et les ronces sous les aisselles gelées des hommes.

Lorsque tu commençais à avoir l'âge de raison, Eliacin, et même avant, j'essayai de te signaler et de t'apprendre les règles les plus élémentaires de la politesse, celles qui parent la jeunesse d'un inutile éclat. Toi, mon enfant, tu as toujours été docile, il faut le reconnaître, et ma tâche ne s'est pas révélée pénible, même s'il m'arrivait parfois de l'accomplir sans grande foi.

La politesse, Eliacin, est comme la fleur de l'hortensia ou comme le goût des plus gracieux poissons rouges, ceux qui ont l'air d'oiseaux échappés d'une gravure japonaise : une très belle supercherie, une supercherie qui brille aussi stérilement que les cieux étoilés.

Je ne voudrais pas, mon enfant, que tu oublies, ne serait-ce qu'un instant, les règles et les usages de la politesse. A vrai dire, ce n'est tout de même pas une chose que je te demanderais à genoux ou que je t'obligerais à jurer.

117.   *Pamela Caldwell*

Ta cousine Pamela Caldwell, Eliacin, s'est mariée, contre la volonté de tous, avec Mr. John S. Peace, l'avant-centre de Fulham. Son mari, peu avant la noce, juste quelques jours avant, me rencontra dans la rue et, m'offrant de m'accompagner dans mes achats, il me dit :

— Mrs. Caldwell, je ne sais que trop que je ne suis pas bien accueilli dans votre famille. Mais mon amour pour Pamela, Madame, est très grand et personne ne pourra s'y opposer. D'ailleurs, Pamela est une jeune fille de mœurs fort peu recommandables, Madame, une jeune fille que ses parents ne trouveraient pas facilement à marier, vous me comprenez.

J'ai préféré ne pas comprendre, Eliacin, et je l'ai laissé continuer.

— Je n'oublie pas non plus, Madame, qu'un joueur de football, sans plus, n'est pas digne d'aspirer à la main de Mademoiselle Pamela, mais je peux vous assurer, Madame, et je ne vous le dis pas pour que vous le répétiez, que je suis autre chose, ou du moins que j'aspire à être autre chose qu'un joueur de football sans plus. J'ai publié des poésies, Madame, et je conserve dans mes papiers une lettre de Mr. T.S. Eliot, que je vous montrerai un jour, lettre de félicitations pour quelques vers que j'avais dédiés au printemps. »

Je crois, mon enfant, que notre famille est injuste avec Mr. Peace, moi je trouve que c'est un gentil garçon, plein de bon sens.

Quant à ta cousine Pamela... Savais-tu, Eliacin, que ta cousine Pamela avait eu deux amoureux sur le continent ?

118.   *Un officier de cavalerie relativement sympathique*

Je l'ai connu chez les Fergusson, Eliacin, et il était, semble-t-il, officiellement sympathique ; en fait il n'inspirait, je crois, qu'une sympathie relative, mais fort légitime, sans aucun doute. Grand, beau garçon, martial, il imitait comme personne le coassement de la grenouille, le braiement de l'âne, le pépiement de l'oisillon, le croassement du corbeau et le gloussement de la poule. Le rugissement du lion, le hennissement du cheval, le meuglement du veau, surtout dans les tons aigus, l'aboiement du chien et le hurlement du loup, il ne les réussissait pas aussi bien.

Le jeune officier faisait des tours d'adresse d'un

grand effet et d'une exécution difficile, il parlait
latin avec un accent très cocasse, connaissait quelques
rudiments de gymnastique suédoise et dansait à mer-
veille. Les jeunes filles à marier se le disputaient.
« Il est charmant, disaient-elles, tout à fait charmant. »

Le jeune officier de cavalerie prenait soin avec une
tendresse extrême de sa vieille mère paralytique,
une pauvre dame qui faisait ses besoins sous elle, et
rédigeait les prières que récitaient les enfants pauvres de son district pour implorer l'aide du ciel.

En le regardant fixement, on pouvait deviner, sous
le masque enfariné et rigide d'homme sympathique
que chacun louait chez lui, un fond douloureux et
intelligent d'amertume.

Toi, Eliacin, qui étais si sensé, peut-être n'aurais-tu
pas deviné tout seul — pardonne-moi cette pensée — ce que je te dis maintenant. Mais j'aurais été
là à tes côtés, tout près de toi, pour te l'expliquer.

Après la soirée chez les Fergusson, Eliacin, il m'arriva parfois de rencontrer à nouveau le jeune officier.
Je le vis dans les endroits les plus divers : dans le
parc en train de jeter de la mie de pain aux oiseaux,
à l'arrêt de l'autobus regardant fixement une jeune
fille troublée, au bureau de poste où il achetait des
timbres, chez des amis communs, faisant admirer
ses dons certains, et il me parut toujours profondément et pudiquement angoissé.

Ses histoires drôles, Eliacin, bien que variées et
presque toujours amusantes, offraient souvent un
lointain double sens, derrière lequel on devinait une
sorte de fringale. Je ne sais si je suis en train de
faire trop d'honneur au jeune et relativement sympathique officier de cavalerie, Eliacin, en me l'imaginant si noblement malheureux, mais ce qui est
sûr, mon enfant, c'est que ta mère, quand elle le
regardait face à face sentait son cœur se serrer un
peu.

Heureusement, il y a déjà quelque temps que je ne vois plus le jeune officier. Peut-être l'ont-ils affecté hors des Iles. Peut-être, aussi, sa mère est-elle morte et ne croit-il plus devoir être sympathique aux gens.

119.   *Le style Queen Anne*

Il est confortable et tendre, Eliacin, de lignes sévères et élégantes, et convient aux familles ayant pignon sur rue.

J'aurais aimé être une femme Queen Anne, une femme très féconde et pas du tout fragile. J'aurais pu être, qui sait, comme une pyramide de pierre, mère de nombreux enfants que je n'aurais pas aimés du tout, Eliacin, parce que toute mon affection se serait fixée sur toi, mais qui m'eussent adorée, presque avec envie, depuis leur enfance.

Je suis assaillie par une idée, à laquelle je ne voudrais pas trop penser pour ne pas me fatiguer ni m'attrister : aurais-tu résisté aux attaques furieuses de la mer, si j'avais été une femme Queen Anne, ferme comme les femmes normandes ? Je ne veux pas trop y penser, cela me rendrait folle.

120.   *La navigation fluviale*

1

Les larges bateaux plats des fleuves, Eliacin, des paisibles et traitres fleuves navigables, s'avancent, dans le sens du courant, pavoisés de petits drapeaux aux couleurs criardes, exhalant des polkas et des marches militaires qui atteignent, un peu humides, la berge d'où les saluent, en agitant leurs mouchoirs sales, les enfants des écoles publiques.

La navigation fluviale, mon enfant, offre une

bizarre parenté avec les crimes les plus perfides ; un fleuve, Eliacin, recèle toujours un peu la mémoire du crime commis sur la personne de la jeune fille aux traits tuméfiés qui se promenait, sombre, par les rues étroites et solitaires de la ville.

Les bateaux plats, sans quille, des fleuves, Eliacin, des calmes et ténébreux fleuves navigables, s'avancent, à contre-courant, avec leurs mâts nus et leur haute cheminée vêtue comme tous les jours, et dont la respiration haletante n'atteint pas la berge, cette berge verte et noire d'où personne n'invente de sourires pour leur dire : « Au revoir, nous vous souhaitons un bon voyage. »

2

Hélas, mon enfant ! Dans mes veines naviguaient, je ne sais si elles naviguent encore, des escadres entières de bateaux fluviaux, pas du tout élégants, assurément, pas du tout marins non plus, mais qui remplissaient leur office, presque honteusement ; joyeux et radoubés, on dirait qu'ils mendient, ces pauvres naguère riches, et ils m'entraînent et me ramènent, d'aval en amont et d'amont en aval, de cauchemar en cauchemar, d'illusion moribonde en illusion moribonde, de frayeur en frayeur, afin d'éviter que je ne m'endorme pour toujours comme, parfois, je pense que je ne le souhaite plus.

Sur la proue de tous ces bateaux fluviaux, Eliacin, sont peints tes yeux, devenus sans expression, comme les yeux fatigués des astres.

Je ne te dis pas cela pour ajouter de la tristesse à ta tristesse, mon enfant. Je ne te le dis pas non plus pour jouer les mères désemparées.

3

Sur ce bateau fluvial qui s'appelait, comme une auberge du port, « La mouette qui parle doucement français », il m'est arrivé une chose terrible, Eliacin, une chose à vous faire dresser les cheveux sur la tête. A vrai dire, je n'ai pu l'éviter, mais quand je me suis rendu compte que je l'avais étouffé dans mon giron, Eliacin, je l'ai jeté par-dessus bord, profitant d'un moment où personne ne me regardait. Je ne peux pas continuer ce récit, Eliacin, parce que ses yeux suppliants, ces yeux que, imprudente que je suis ! j'ai oublié de fermer, peut-être par manque d'expérience, fixent mes yeux avec insistance.

Ensuite, le temps a passé et j'ai attribué de moins en moins d'importance à cet événement. Bien qu'il en ait eu, Eliacin, bien qu'il en ait eu.

4

Les jours de fête, les patrons donnent à leurs bateaux fluviaux une ration supplémentaire, qui consiste d'ordinaire en une dense et nourrissante purée de farine avec des petits morceaux de lard frit. Les bateaux fluviaux, les jours de fête, voient naître sur leur panse un éclat imprévu, un lustre que personne n'aurait imaginé et, l'échine redressée, Eliacin, ils ressemblent à de jeunes bêtes qui veulent être vendues un bon prix à la foire, peut-être pour changer de maître.

5

J'ai beaucoup étudié les coutumes et les traditions de la navigation fluviale, cher Eliacin, mais je me sens angoissée à l'idée de tout ce qui me reste encore à apprendre.

Les bateaux, soupières naviguant sur des fleuves

semblables à la soupe, mon enfant, des fleuves qui
fleurent la sève des doux et vieux arbres de la
forêt, conservent jalousement, à la façon des prudents fabricants de porcelaine, leurs secrets pro-
fessionnels, les secrets qu'ils ont hérités, de génération
en génération, depuis le début des temps.

Et les enfants des écoles publiques, Eliacin, et
moi-même qui sommes devenus les spectateurs uni-
ques et ébahis de la navigation fluviale, nous leur
sourions d'un air suppliant, lorsque nous les voyons
passer, pour tâcher de gagner leur sympathie. Mais
j'ignore, mon enfant, jusqu'à quel point nous pouvons y parvenir.

121.   *Les pas décisifs*

Tu disais : demain je vais faire faire à ma vie
un pas décisif. Et alors tu revenais à la maison avec
une tache de rouge sur le col de ta chemise.

Non, mon enfant, ne jouons pas aussi dange-
reusement sur les mots. Cette chose qui t'arrivait,
Eliacin, n'était guère qu'un pas trop décisif, le plus
souvent. Les pas décisifs, mon enfant, ne laissent
pas de traces : le diable conclut des pactes asep-
tiques, comme un chirurgien bien installé.

122.   *Les lampes à pétrole*

Elle fut agréable, l'ère des lampes à pétrole, Eliacin. Les lampes à pétrole se rangeaient en trois
grandes catégories : lampes zoo, lampes herbier et
lampes firmament. Les lampes zoo se paraient de
papillons, de gazelles, de poissons. Les lampes herbier offraient des roses thé, des fougères, des pois
de senteur. Les lampes firmament faisaient briller

Cassiope, Aldébaran, Andromède. Toi, si tu avais connu l'ère des lampes à pétrole, tu aurais préféré, pour lire Sir Walter Scott, avoir sur ta table de nuit une lampe firmament, débordante d'étoiles, de constellations, de nébuleuses.

Oui, Eliacin, sans aucun doute elle fut douce et clémente, l'ère des lampes à pétrole, le temps où une lampe de bonne marque soigneusement décorée d'animaux, de végétaux, ou de signes célestes, pouvait élever une famille jusqu'aux plus hautes sphères de la société.

Chez ta grand-mère, Eliacin, au crépuscule, la même conversation se déroulait chaque soir autour de la lampe :

« — On dirait que la lampe éclaire moins. — Mais non, pas du tout ! — Peut-être le verre est-il un peu sale ? — Albert ! Que dites-vous ? — Pardon. — Elle met quelque temps à atteindre son maximum de clarté ! — Bien sûr, elle n'a pas dû prendre encore toute sa force ! — Bien sûr, bien sûr. — Oui, c'est sûr. — Attention, ne heurtez pas la lampe ! — Non. — On peut parler sans se cogner à la lampe ! » Et ainsi de suite, à perte de souffle.

(Nous, les personnages de cette scène, mon enfant, nous étions cinq et les phrases que je viens de te dire pouvaient être attribuées indistinctement à n'importe lequel d'entre nous).

Crois-moi, Eliacin, l'ère des lampes à pétrole était plus accueillante, plus intime. T'ai-je déjà dit qu'il y avait trois sortes de lampes à pétrole, les lampes zoo, les lampes herbier et les lampes firmament ? Oui, je crois me souvenir que, oùi, je te l'ai déjà dit.

123. *Sur les sables du désert*

Sur les sables du désert, Eliacin, s'étalent des os nets et calcinés dont l'origine est des plus diverses : os de chameau, de dromadaire et de cheval, os de commerçant berbère et de guerrier touareg, os de lion, de hyène et de gazelle, os d'explorateur, de touriste et de missionnaire, os du crâne, du corps et des extrémités. Les sables du désert, mon enfant, offrent une grande collection d'os dont la provenance est des plus variées.

Sur les sables du désert, Eliacin, je t'aurais aimé avec imprudence, avec courage, comme je n'ai pas osé t'aimer dans notre ville, plus par crainte, crois-le bien, des murs qui nous abritaient et de l'air que nous respirions que des gens qui pouvaient nous regarder, voire nous photographier, pour notre honte et notre orgueil.

Sur les sables du désert, mon enfant chéri, nous, les femmes, nous nous transformons en ouragans insatiables et destructeurs, en furieux vents de tempête, capables de raser des montagnes et d'ensevelir des villes. Voilà pourquoi, dans certains pays, il nous est interdit par la loi, à nous autres femmes, d'apparaître dans le désert comme nous le ferions du haut d'un balcon.

Sur les sables du désert, Eliacin, nos pas crissent comme si nous marchions sur un lit de secs désirs inavouables, de stériles désirs que nous n'oserions confesser qu'à l'heure de notre mort.

Mais sur les sables du désert, Eliacin, parmi les tibias et les péronés somptueusement mariés puis disparus sans laisser de traces, nous pourrions encore nous voir, à l'insu de tous, et nous offrir à boire l'eau de nos bidons.

124.   *Le problème des peuples de couleur*

Seuls les Blancs se préoccupent du problème des peuples de couleur. Et cela parce qu'aujourd'hui, Eliacin, nous tenons le manche de la poêle, mais demain... qui sait ce qui arrivera demain ?

Oui, il vaut mieux, sans doute, qu'existent, et même que prospèrent, les peuples de couleur ; qu'il y ait des Noirs, des Jaunes, des Olivâtres et aussi des Peaux-Rouges aux poétiques noms de gibier.

Si les peuples de couleur disparaissaient tout à coup, Eliacin, qui remplirait l'immense vide qu'ils laisseraient dans le monde ?

Il se peut qu'une préoccupation parallèle ne se retrouve pas chez les peuples de couleur, mon enfant, parce que, à force de nous entendre, ils se sont rendus compte à temps qu'il était préférable, qu'il était plus reposant de nous laisser faire.

Cette idée, Eliacin, a le don de bouleverser les Blancs, de nous faire sortir de nos gonds et de nous tourmenter.

125.   *Grand spectacle*

Comme on l'avait annoncé en grande pompe, Eliacin, tu as mis ton smoking et tu t'es dirigé vers le théâtre, en toute hâte, plein de joie.

Le théâtre, mon enfant, était ce soir-là plus animé que jamais. Miss Fiore réussissait l'exploit, devenu fort rare aujourd'hui, de se faire offrir de coûteux bouquets de fleurs par les hommes, même après qu'ils eussent pris toutes leurs dispositions pour disparaître, une balle dans la tempe.

Dans le fauteuil voisin du tien, Eliacin, le hasard

plaça le suicidé du onzième rang, ce jeune banquier qui ne s'était pas résigné à faire montre de patience et à attendre son tour, disons son heure, dans le cœur dur de Miss Fiore.

Moi, Eliacin, je passai une journée entière à essayer d'enlever les taches de sang de tes vêtements, mais mon esprit se remplissait de joie à l'idée que tu t'étais bien amusé.

Ce fut un grand spectacle, un inoubliable spectacle, me dis-tu, croyant, peut-être, que tu avais beaucoup d'années encore devant toi pour t'en souvenir.

126. *Le tir à l'arc*

Il est plus noble, Eliacin, c'est-à-dire plus aristocratique, plus inutile, peut-être même plus gracieux, que le tir à la fronde. Le tir à la fronde est plus amusant, plus en accord avec nos goûts, mon enfant, mais il est bien connu que nos inclinations ne commandent pas à tout moment nos actes.

La silhouette de l'archer, Eliacin, offre une rythmique élégance dont est dénuée la silhouette du frondeur. Les peintres anciens, lorsqu'ils voulaient représenter un visage harmonieux, un prince, un jeune cardinal, un capitaine victorieux, tâchaient toujours de copier, trait pour trait, la figure d'un archer. En revanche, lorsqu'ils voulaient fixer sur la toile une face plébéienne, un conquistador, un saint, un ouvrier, ils cherchaient leur modèle dans le troupeau des frondeurs.

Le tir à l'arc éduque la volonté et calme le système nerveux. Chez les enfants grecs, Eliacin, au temps du patriciat, il y a de nombreuses années, mais à quelques milles seulement de l'endroit où tu es, la coutume était de s'initier à la vie pratique et aux grandes entreprises en s'entraînant au tir à l'arc.

Souviens-toi, Eliacin, que le monde grec, d'après les auteurs de traités, fut un modèle de sereine maturité politique.

Je ne suis jamais parvenue (il est vrai que je n'ai jamais essayé) à susciter en toi, mon enfant, un véritable penchant pour le tir à l'arc. Et je pense maintenant, Eliacin, que j'aurais beaucoup aimé te savoir un archer consommé et en informer à l'occasion, négligemment, mes parents et amis.

127.   *Le musée des mannequins de cire*

Je regrette beaucoup, Eliacin, l'absence dans notre ville d'un musée de cire, un musée bien installé, avec chauffage et éclairage indirect, où nous pourrions voir, dans un entourage adéquat, Néron, Torquemada, Marat, Jack, Landru, le moderne docteur Petiot, tous les grands sanguinaires de l'humanité.

Un musée de cire, Eliacin, est hautement éducatif pour la jeunesse et pour la classe dirigeante ; son installation devrait, à mon sens, être encouragée par les pouvoirs publics.

A défaut de « naturalisation », mon enfant, susceptible de figurer les disparus avec plus de vie, la cire n'est pas mal, qui a en tout cas l'avantage de représenter les personnages plus proches de la mort.

Si je me promenais entre les vitrines de ce musée, grandes comme des chambres à coucher, Eliacin, je crois que je me sentirais heureuse de pouvoir embrasser d'un seul regard tous les spectres qui terrorisèrent leur époque, toutes ces ombres sinistres qui s'offrent aujourd'hui comme des oiseaux empaillés à notre honnête voracité.

Je déplore de ne t'avoir jamais parlé, quand je pouvais le faire avec une immédiate efficacité, de mon goût pour les musées de cire, pour les prisons ou les établissements thermaux, où nous enfermons à notre gré des barbes de cire ou des yeux de verre.

Nous aurions pris grand plaisir, toi et moi, Eliacin, à rendre visite à nos amis, les plus grands sanguinaires de l'humanité, et à leur tirer la langue, bien protégés par le règlement. Ne crois-tu pas ?

128.   *Les échecs*

Les haines les plus violentes, mon enfant, les plus profonds gouffres de la haine, sont ceux qui se forment entre les érudits, entre les musiciens ou entre les joueurs d'échecs.

Les échecs, Eliacin, sont un jeu odieux qui a connu une grande vogue, une apologie de la trahison qui a revêtu l'inoffensive et blanche apparence d'un passe-temps.

Quand toi et moi nous jouions aux échecs et que, d'un air distrait, je gagnais partie sur partie, Eliacin, des lueurs sinistres s'allumaient dans ton regard, que ton sourire ne pouvait éteindre, tandis que se posait sur ta gorge le noir corbeau de la vengeance, l'oiseau de mort qui alourdit les cœurs.

Oui, Eliacin, oui. Tu te trouvais trop au centre du problème pour pouvoir le considérer avec un minimum de calme, ce calme qui eût été pour toi si bénéfique, permets-moi de te le dire.

La planète où les tours, les fous et les cavaliers évoluent sur leurs orbites prévues, mon enfant, est un astre mort où jamais ne pousseront les humbles brins d'herbe sur lesquels, à défaut d'autre asile, nous reposons notre chair dolente et meurtrie.

Les échecs, Eliacin, sont un jeu pour les âmes astigmates, que nous devons repousser comme on éloigne un calice amer. Alors, Eliacin, si les hommes recouvrent la liberté qui leur permettrait de mouvoir les pions à leur guise, nous pourrons enfin affronter, sans trop d'accablement, cette vie si brève qui fuit devant nous comme une roue sur une pente.

129. *Le tabac*

Lorsque tu as fumé ta première cigarette (j'entends : ta première cigarette permise) et que tu as rejeté par le nez, comme pour me foudroyer par ta désinvolture, une longue bouffée de fumée, je me suis sentie au bord des larmes, désespérée, Eliacin, comme une femme éprise de son mari qui recevrait par téléphone la nouvelle de son soudain veuvage.

Le tabac, mon enfant, est bon pour la santé, bien que, parfois, il porte préjudice à la santé. Si on savait donner à temps une cigarette aux orphelins et aux malheureux, Eliacin, il y aurait, de par le monde, beaucoup moins de gens qui se proclameraient orphelins ou malheureux pour toucher des subsides. Mais personne n'a envisagé sérieusement cette distribution tactique de cigarettes et c'est pourquoi les choses sont comme elles sont.

Parmi tous les tabacs que je connais, mon enfant, aucun ne présente les vertus curatives du tabac de la Havane, cet arome capable de sauver les causes perdues ou de relever et remettre sur le droit chemin les cœurs errants. Si j'avais une force de persuasion suffisante, Eliacin, si j'étais un grand orateur politique ou religieux, un meneur efficace ou un prophète pourvu d'une fidèle clientèle, j'entreprendrais une croisade en faveur du tabac de la Havane avec le slogan suivant : « Ne vous laissez pas brûler, brûlez. »

Mais moi, Eliacin, qui connais mes limites, je me contente de fumer, de temps à autre, un cigare qui me donne confiance en moi-même et me rend — au moins, je me l'imagine — toutes sortes d'énergies inutilement gaspillées.

Oui, Eliacin, grâce à la vieille technique : « une

bouffée pour moi, une bouffée pour toi », je me résigne à mes veillées solitaires et les emplis de toute la maigre joie dont je me sente encore capable aujourd'hui.

Quand tu as fumé ta première cigarette (tu vois ce que je veux dire en parlant de « première cigarette ») et que tu as prononcé quelques brèves paroles avant d'expulser, par le nez, la fumée, avec une expression insolemment gentille, il s'en est fallu d'un rien que je ne me mette à pleurer d'enthousiasme, comme une pécheresse repentie.

130. *Ton voyage de fin d'études*

L'itinéraire de ton voyage de fin d'études, Eliacin, était de nature à te combler de bonheur. Quelle joie pour moi de te savoir heureux sur ces mers lointaines qui s'annonçaient si propices et se conduisirent si mal, pour finir, envers toi et envers moi !

Gibraltar. Je me suis acheté une guitare, une paire de banderilles (ces armes avec lesquelles les toreros se défendent des furieuses attaques du taureau) et une bouteille de vrai vin de Xérès. Les propriétaires de vignobles à Xérès possèdent de grosses fortunes, les Mackenzie, les Gordon, les Williams, les Sanderman, les Spencer, les Osborne, les Terry ; M. Gonzales est aussi fort connu.

Alger. Je me suis acheté des babouches, une pipe de kif et un plateau de cuivre qui te plaira, je crois. C'est très joli, ici, toutes les maisons sont blanches et quelques femmes se couvrent le visage.

Naples. Je me suis acheté des amulettes en os qui préservent des naufrages, et une collection de cartes postales. La ville est pleine de cireurs et les coiffeurs sont très sympathiques, bien que peu doués pour le calcul.

Alexandrie. Je me suis acheté un service à thé en porcelaine. En arrivant à bord, j'ai vu écrit sur la théière, en lettres minuscules, « Made in Germany ».

Port-Saïd. Je me suis acheté un collier de perles pour te l'offrir quand je reviendrai à la maison. Le second a beaucoup ri quand je le lui ai dit et il m'a expliqué que ces perles sont « Made in Japan ».

Singapour. Je me suis acheté des romans de Vicky Baum. A première vue, si on n'en a pas l'habitude, il n'est pas facile de distinguer les Chinois des Indo-chinois ou des Malais.

Manille. Je me suis acheté un châle de Manille et une petite boîte en ivoire. Je ne veux rien deman-der, mais j'ai entendu dire que ce sont eux aussi des produits japonais.

Hong-Kong. Je me suis acheté un exemplaire du « Times ».

La liste de tes achats, mon enfant, n'en finirait plus, elle suit l'itinéraire complet de ton voyage de fin d'études, de ton heureux et long voyage de fin d'études.

Et maintenant je regarde la liste de tes achats, Eliacin, la collection de cartes postales que tu m'as envoyées du monde entier, au fur et à mesure, comme un fils ponctuel ; je la regarde avec une glaciale sensation d'étrangeté. Il m'est pénible de penser, Eliacin, que ces cartes postales me sont adressées, à moi, des endroits les plus éloignés du globe, par toi, mon enfant, justement par toi.

131.   *Les plus tendres prairies*

Sur les tendres prairies, Eliacin, sur les vertes prairies semblables à des carrés du doux paradis, mon enfant, des cerfs paissent, pleins de mansuétude, et les membres de la chambre des Lords jouent au golf.

Certains matins il m'arrive de penser, Eliacin, que les cerfs sont les animaux les plus heureux de tous, l'homme inclus, plus heureux encore que les membres de la chambre des Lords, qui ont leurs soucis, malgré tout, si légers soient-ils.

Si, avant de naître, nous pouvions choisir un destin à notre goût, Eliacin, je choisirais, les yeux fermés, d'être un timide cerf des prairies, un paisible cerf des tendres et délicates prairies.

Car sur les prairies, mon enfant, brille encore, de temps à autre, l'éclat de la main de Dieu, ce clément espoir déguisé en verdure, en ces gracieux brins d'herbe qui vivent en silence, intensément, leur toute petite, leur très sûre plénitude.

Au-dessus des tendres prairies, Eliacin, vole, couleur de l'air, ce pur sentiment que je ne parviens pas à éprouver pour toi.

132.   *La volière*

Dans une grande volière, Eliacin, dans une immense cage où les oiseaux savoureraient pendant des années et des années la joie de se savoir captifs, je garderais ton cœur minuscule jusqu'à ce que lui poussent des ailes couleur de fleur de pommier.

Lorsque ton cœur s'apprêterait à s'envoler, les oiseaux s'en nourriraient, rognant les ailes de ton cœur à coups de bec et le triturant comme un ten-

dre fruit ; si une telle chose était possible, mon
enfant, nous nous sentirions plus fermes et plus
durables, plus durs que la pierre, et plus inébranlables dans nos faibles convictions.

Mais les lumineux oiseaux de la volière, Eliacin,
les oiseaux qui chantent du matin au soir, sans motif
(accordons-leur cette grâce), ne se nourrissent que de
cœurs frais, de cœurs sains, de cœurs palpitants, qui
portent le masque joyeux du bonheur !

2

Ton cœur, mon enfant, s'est paré des couleurs
farouches de la mer, Eliacin, et il ne sert plus de
pâture aux oiseaux.

3

Mais écoute ce que je te dis, mon enfant, et je
sentirai un souffle de brise heureuse effleurer mon
âme : si personne ne me voyait, j'enlèverais leur cœur
à tous les garçons de ton âge, Eliacin, et sur la montagne immense des cœurs, Eliacin, je placerais une
grande volière pleine d'araignées.

133. *On demande une maîtresse*
à la taille fine

Tu as fait paraître, Eliacin, dans la rubrique ap-
propriée, une annonce qui m'a remplie de douleur :
On demande une maîtresse à la taille fine.

Pourquoi, mon enfant, pourquoi cette cruelle précision ? Ta mère, Eliacin, a eu pendant de nombreuses années une taille fine admirée de tous, t'en souviens-tu encore ? Mais vint le temps des malheurs,
mon enfant, et ta mère se mit à oublier presque tout,
et perdit, sans presque s'en apercevoir, sa taille fine,

cette taille admirée de tous et dont, peut-être, tu te souviens encore.

Même sans une taille fine, Eliacin, une femme peut rendre un homme très heureux, si heureux qu'il n'arrive plus à distinguer vraiment, de façon rigoureuse, les tailles fines des tailles épaisses.

Elle me remplit d'une douloureuse amertume, Eliacin, ta brève et discourtoise annonce. Moi aussi, j'aurais préféré avoir un fils qui ne s'éloigne jamais de moi.

Que ne me dis-tu à l'oreille six ou huit mots capables de dissiper le mauvais effet que me fit ton annonce...

134. *D'immenses, vertueuses lèvres*

Tes lèvres, mon enfant, n'étaient ni immenses ni vertueuses, mais honnêtes et de taille normale. Si elles avaient été immenses et vertueuses comme le feu, par exemple, je n'aurais pas osé les regarder hardiment comme il m'arrivait parfois, rarement certes, de le faire.

(Songe qu'une mère, mon enfant, a presque toujours le droit de regarder, à toute heure du jour et avec l'expression qui lui semble la meilleure, les lèvres de son fils unique.)

Mais tes lèvres, Eliacin, avec le temps, auraient pu devenir immenses et vertueuses comme je les voulais, comme j'ai besoin qu'elles soient, et comme toi, probablement, tu aurais désiré qu'elles fussent pour ne pas me décevoir.

Je suis aterrée à la pensée que tes lèvres, mon enfant, se sont dissoutes maintenant et nagent, divisées en une infinité de minuscules fragments, dans le froid guéret des sirènes, ces insatiables fantômes aux immenses et vertueuses lèvres, immenses et savamment vertueuses.

Il y a des choses auxquelles je ne me sens pas la force de penser.

135. *Oui*

« Oui », c'est un joli sifflement, Eliacin, que d'ordinaire nous laissons échapper, avec une ignorante indifférence et ne nous hâtons pas de saisir. Pour te l'écouter prononcer, Eliacin, je te demandais les choses les plus diverses et les mieux prévisibles : « T'es-tu baigné ? Fait-il jour ? Vas-tu sortir ? Veux-tu une tasse de thé ? Es-tu content ? »

Je n'ai jamais échoué avec toi, mon enfant, parce que je ne t'ai jamais posé une seule question dont la réponse fût douteuse. Nous les femmes, Eliacin, lorsque nous n'en avons plus du tout besoin, nous sentons naître en nos cœurs un bizarre instinct, un instinct chaud et lourd comme la bouche d'un four allumé.

« Oui », Eliacin, reste un merveilleux petit jet d'espoir.

136. *Les blancs rochers que bat la mer*

Les suicidées les plus jeunes, mon enfant, celles qui ont la tête organisée comme l'est la tête des romanciers français, rêvent, la nuit, de promenades amoureuses sur les blancs rochers que bat la mer.

Leurs promenades, d'ordinaire, commencent mal pour finir bien, contrairement aux rêves des jeunes filles vertueuses, celles qui fuient l'occasion de se sentir aimées sur les blancs rochers que bat la mer.

Les rêves des très jeunes suicidées, Eliacin, sont cruellement clairs et précis et l'homme qui les embrasse, le blanc rocher, la mer rugissante, surgissent, dessinés avec une précision, une netteté qui remplit leur âme d'angoisse.

L'homme qui les embrasse, Eliacin, qui a les mains rouges de sang, mon enfant, leur parle généralement avec un respect familier :

— Meg, arrache-toi les cheveux et jette-les en l'air, que le vent les emporte !

Meg, en se faisant horriblement mal, s'arrache les cheveux et les jette en l'air, pour que le vent les emporte.

— Betsy, crève-toi les yeux et laisse-les tomber par terre, en prenant soin de ne pas les briser, pour que les fourmis les mangent.

Betsy, tremblante de douleur, se crève les yeux et les laisse tomber par terre, en prenant soin de ne pas les briser, pour que les mangent les voraces, les laborieuses fourmis.

— Nancy, embrasse-moi.

Nancy l'embrasse.

Le blanc rocher, Eliacin, dont la vieillesse est verte de sang, mon enfant, leur parle souvent avec une férocité familière :

— Bel, frappe-toi les seins avec une pierre, mets-les dans tes mains et souffle dessus avec force pour que je les voie s'envoler !

Bel, pleurant de détresse, se frappe les seins avec une pierre, les met dans sa main et souffle dessus de toutes ses forces pour que le blanc rocher les voie s'envoler.

— Molly, mords-toi la langue et crache-la au loin pour qu'elle flotte au vent comme un drapeau.

Molly, pleine de dégoût, d'un dégoût plaisant et doux comme une honte enfantine, se mord la langue et la crache au loin, pour qu'elle flotte au vent comme un drapeau déchiré.

— Jinny, embrasse-moi !

Jinny, à genoux, embrasse le blanc rocher.

La mer rugissante, Eliacin, qui roule des eaux

grises de sang, mon enfant, leur parle d'ordinaire avec une froideur familière, comme un père qui feint d'être offensé.

— Kitty, laisse-toi tomber !

Et Kitty se laisse tomber.

— Fan, laisse-toi tomber !

Et Fan se laisse tomber.

— Maudlin, laisse-toi tomber !

Et Maudlin, en fermant les yeux, se laisse tomber.

Oui, Eliacin, les très jeunes suicidées, celles qui ont la tête aussi bien dessinée que la tête des poètes français, rêvent pendant les nuits humides et accueillantes de longues et impossibles promenades amoureuses sur les blancs rochers que bat la mer.

Heureusement, leurs promenades connaissent presque toujours un dénouement attendu, comme les bonnes comédies.

137.   Les dessins à la plume

Avec plusieurs bouteilles d'encre de couleur, Eliacin, et plusieurs plumes, pour que les encres ne se mélangent pas et que les couleurs ne se salissent pas, on peut faire de jolis dessins : un bateau, une fleur, une paysanne hollandaise, deux ou trois arbres, un mendiant, un cygne nageant entre les fleurs rouges, jaunes et bleues.

Alors que tu étais un petit garçon, Eliacin, un petit garçon encore très petit, ton père (Dieu ait son âme) t'offrit des crayons de couleur que tu reçus d'un air farouche, car ce que tu voulais, mon enfant, c'était dessiner à la plume les objets les plus tendres et les moins préhensibles : un bateau coulé, une fleur morte, une paysanne malaise, deux ou trois arbres sous la neige, un mendiant fatigué de marcher, un cygne.

Tu étais si petit, Eliacin, que tu n'avais pas encore perdu cette vertu d'ignorer presque toutes les impossibilités.

Les dessins à la plume, Eliacin, sont généralement l'œuvre d'artistes très expérimentés, de vétérans.

138. *Hétérodoxies*

Les hétérodoxies, mon enfant, sont comme les pièces de monnaie : elles ont deux faces, et supposent toujours une valeur convenue.

Ne me force pas à t'expliquer trop en détail ce que je préfère laisser enveloppé d'un voile vaporeux.

139. *Gymnastique respiratoire*

Il est sain, d'après ce que j'ai entendu dire, de faire quelques exercices de gymnastique respiratoire en se levant. Les poumons s'étirent et se tonifient, le sang s'aère et le cœur saute de joie à le recevoir si frais, si vigoureux, si bien lavé.

Je ne sais ce qu'il y a de vrai dans tout ceci, Eliacin. Ce dont je me souviens bien c'est que, quand on te mit en tête l'idée de pratiquer la gymnastique respiratoire, tu restas quelques jours à parler seul, comme un somnambule, et à me faire des reproches à tout propos.

— Tu ne te sens pas bien, mon enfant ?

— Si, je me sens bien, tout à fait bien, pourquoi ?

Tu étais très susceptible et la moindre chose te mettait en fureur, te faisait sortir de tes gonds.

— Pourquoi me demandes-tu si je ne me sens pas bien ? Est-ce que tu ne me trouves pas bien ? J'ai le droit de savoir comment tu me trouves, bien ou mal ! C'est mon droit absolu de le savoir.

Non, Eliacin, non, n'exagérons pas. Tu n'avais pas le droit de savoir comment je te trouvais, bien ou mal ; moi je t'ai toujours trouvé bien, tu le sais. Tu avais le devoir de savoir que je te trouvais toujours bien. Que de contrariétés tu m'infligeas pendant cette fameuse période de gymnastique respiratoire, mon enfant !

140.   *Natures mortes*

Les peintres de natures mortes, Eliacin, varient peu ; peut-être est-ce dû à ce que la nature morte est, en soi, peu variée, je ne sais.

Les peintres de natures mortes, Eliacin, sont d'ordinaire joyeux et enclins à chanter comme les employés de la morgue, mon enfant, qui chantent de tendres mélodies, parmi les morts, et embrassent sur la bouche, avec leur goût de cadavre, les plantureuses cuisinières du voisinage, les vigoureuses et fraîches cuisinières débordantes de vie qui se trouvent dans le voisinage, et trompent leurs fiancés, le fruitier ou le menuisier qui n'ont ni odeur ni goût de cadavre, avec l'employé de la morgue, qui garde le relent des morts caché dans une dent de sagesse.

Les peintres de natures mortes, Eliacin, peignent, le visage caché par un loup pour qu'on ne les reconnaisse pas.

Mais moi, mon enfant chéri, j'en connais plusieurs qui n'ont pu feindre. Si l'occasion s'en présente, je te les montrerai quand ils marchent dans la rue et conduisent leurs enfants à l'école. Les enfants des peintres de natures mortes ont une grande propension à mourir écrasés sous un taxi ou sous un autobus.

141.   *L'oisiveté*

L'oisiveté est bénéfique, mon enfant, l'oisiveté est un aimable cadeau des dieux, une bienveillante bénédiction des dieux. Moi je pense, Eliacin, que si l'on pouvait la manufacturer et en faire commerce comme on le fait pour d'autres produits, on rendrait aux hommes un grand service.

Les hommes oisifs, mon enfant, les hommes qui nourrissent dans leur esprit une telle sérénité que rien ne les pousse au travail sont l'image même de la plus haute perfection morale.

Si tu étais devenu un homme, Eliacin, un homme mûr, un père de famille, tu comprendrais plus facilement que mon raisonnement est clair comme la lumière du soleil. Je sais bien, Eliacin, que personne ne peut te demander autre chose, à ton âge, que des divinations, des intuitions, des pressentiments. L'expérience est le fruit le plus lent à mûrir, et l'oisiveté, mon enfant, est une expérience difficile et longue.

Dans ta longue oisiveté sous-marine, Eliacin, te souviens-tu quelquefois de moi ?

Dans ta longue oisiveté sous-marine, mon enfant, ne pressens-tu pas, n'as-tu point l'intuition, ne devines-tu pas que nous aurions pu être brièvement et intensément heureux au moment où nos oisivetés, — la tienne étant encore si tendre — eussent coïncidé, comme la lune et le soleil pendant les éclipses, l'une par-dessus l'autre ?

142.   *Les femmes les plus étranges et les plus saines*

Les femmes les plus étranges et les plus saines, Eliacin, se trouvent d'ordinaire dans la classe moyenne, peut-être parce que c'est la plus nombreuse et la plus inoffensive.

Les femmes les plus étranges et les plus saines, mon enfant, se camouflent en bétail paisible et doux pour passer inaperçues. Et aussi, Eliacin, pour mieux se défendre dans la lutte quotidienne contre la misère.

Les femmes les plus étranges et les plus saines, Eliacin, portent toujours un nid de scorpions dans leur décolleté. Un nid grouillant de scorpions qui remue dans leur sein haut et puissant.

Cela me donne une grande paix, mon enfant, un grand calme intérieur, de te savoir éloigné pour toujours de ces étranges et saines femmes, les plus étranges et saines femmes que l'on ait jamais imaginées.

143.   *Je n'arrive pas à me désintéresser*

Elles sont si nombreuses, si nombreuses, mon enfant, les choses dont je n'arrive pas à me désintéresser, que parfois, pleurant d'amères larmes, je prendrais volontiers la place d'un objet quelconque, dégagé de toutes les choses auxquelles moi, Eliacin, quelle malédiction ! je n'arrive pas à me sentir étrangère.

Je n'arrive pas à me désintéresser, mon enfant, du temps qui passe, de la pluie qui tombe, du thé que je bois, de l'homme que je croise dans la rue, du chien transi de froid qui griffe la porte de la maison, de ta mémoire. Et moi ce que je voudrais, mon enfant, je te le jure, ce serait d'ignorer toutes ces choses qui me tenaillent, me harcèlent à chaque instant, tellement que je ne parviens pas à m'en défaire et à vivre libre.

Les choses, Eliacin, feraient preuve de plus nobles

sentiments en s'effaçant pour toujours, comme une larme qui tombe dans la mer.

144. *La neige sale*

J'aime la neige sale, Eliacin, la neige foulée par les gens dont j'ignore le nom, la neige qui prend peu à peu la couleur des mains qui luttent pour tuer la faim et qui, tout à coup, sans savoir comment, se trouvent en train de caresser un ventre lisse comme une pomme, un ventre prêt à éclater.

Sur cette neige doucement sale, mon enfant, je me laisserais mourir d'abandon tel un enfant oublié, le regard fixé sur un objet quelconque que la neige fraîchement tombée recouvrirait peu à peu comme une marée implacable.

Sur cette neige charnellement sale, Eliacin, la mort ne me pèserait pas. La mort, mon enfant, est quelque chose qui pèse sur les épaules d'autrui, sur les épaules qu'une mère, dans un moment d'étourderie, a pu fabriquer.

J'aime la neige sale, Eliacin, la neige livrée à tous les hommes de la ville.

145. *Cet air maudit qui dort entre les maisons*

Là où s'aiment les chats hâves et galeux, où étouffent les musiciens devenus phtisiques à force de jouer du clairon, où pourrissent les têtes de poissons, où se cachent les enfants qui se masturbent, où urine le marchand ambulant, où le rat rose du choléra allaite ses petits, où se donnent rendez-vous les plus timides voleurs, où se prostituent les mères de famille, où vous saisit le froid le plus abject, où personne ne se souvient de sourire, là règne cet air maudit qui dort entre les maisons.

L'air maudit qui dort entre les maisons, Eliacin, engendre, parfois, de très hautes pensées charitables, il éveille, quelquefois, d'inattendues, de fières pensées d'espoir, sonores et présomptueuses comme le tonnerre.

Je ne sais pourquoi, mon enfant, mais là où règne cet air maudit qui dort entre les maisons, il arrive qu'on entende des paroles humaines dans la bouche de chats malades et amoureux, ou un air de flûte aux accents sensibles et mystérieux ; ou bien l'on découvre des roussettes et des colins morts au regard de pucelles, on apprend qu'un enfant prie sans écarter les lèvres, que meurt de fatigue un vendeur ambulant resté sans marchandises, que d'audacieux voleurs renoncent à voler, on voit s'affairer des mères de famille en quête d'un dur morceau de pain sous les pierres, on sent dans sa chair une tendre bouffée de clémence, et quelqu'un se souvient à temps de composer un sourire sur son visage.

Le tout, mon enfant, est de s'habituer à respirer cet air maudit qui dort entre les maisons.

Il y a des jours où il me serait impossible de l'oublier, impossible de vivre sans lui.

146. *Les fétiches*

Toi, Eliacin, tu as toujours été passionné de fétiches. De tous les fétiches, Eliacin, tu préférais ceux en os, puis venaient par ordre ceux en argent, ceux en bois et ceux en fer ; ceux en cuivre tu les méprisais et ceux en argile tu les avais en horreur. En ceci, comme en tout, il y a des préférences et des sympathies, des haines et des antipathies. C'est une affaire dont je ne me mêle pas.

Tes fétiches, mon enfant, servaient à des usages divers, remplissaient les offices les plus variés. Dans ta collection de fétiches, Eliacin, il y avait des fétiches pour rendre amoureux, des fétiches pour conjuguer les mauvais esprits, des fétiches pour provoquer les pluies, pour guérir les maladies, pour écarter le feu, pour faciliter les accouchements, pour conserver la jeunesse et la beauté, pour bien orienter la boussole des voyages, et des fétiches pour se préserver des naufrages. Ce sont ces derniers, Eliacin, qui nous donnèrent les pires résultats, qui se conduisirent le plus mal envers nous, avec le plus affreux manque de considération.

Tu as toujours été passionné de fétiches, mon enfant, et ta passion, ainsi que ta collection, je les ai héritées.

Parfois, quand je n'ai rien à faire, je nettoie un par un tes fétiches, j'aime les conserver en bon état.

147. *J'ai aimé trois jours le fermier Tom Dickinson*

Mardi 7

Tom Dickinson, mon enfant, est un amour. Tom Dickinson est grand et fort, il sait couper l'herbe et traire les vaches, ferrer le cheval et tailler le rosier.

Tom Dickinson, Eliacin, chante, tout en tirant l'eau du puits, de vieilles chansons galloises pleines de nostalgie. Tom Dickinson a une belle voix de baryton et des dents blanches et aiguës comme celles d'un loup.

Tom Dickinson, mon enfant, fait des économies pour s'acheter un tracteur qui l'aidera à exploiter sa ferme.

Mercredi 8

La ferme de Tom Dickinson, mon enfant, est plutôt petite, mais brillante, prospère, soigneusement mise en valeur.

La ferme de Tom Dickinson comporte de vertes prairies, des étables neuves, des champs de pommes de terre et d'avoine dans lesquels joue le vent, le matin.

La ferme de Tom Dickinson, mon enfant, pousse et vit autour d'une maison confortable où le four est allumé tout le jour et toute la nuit.

Jeudi 9

La maison de Tom Dickinson, mon enfant, est à deux étages, la cave et le grenier mis à part : la cave qui regorge de bouteilles de vin, le grenier plein à craquer de grains lisses.

La maison de Tom Dickinson, Eliacin, s'orne de meubles solides et simples et de rideaux lumineux de couleurs vives et gaies.

La maison de Tom Dickinson, mon enfant, retient pour Tom Dickinson toute la lumière qui entre par ses fenêtres.

Vendredi 10

Tom Dickinson, mon enfant, se promène chez lui comme un roi, hautain comme un roi, plus tranquille et plus heureux qu'un roi.

Durant trois jours, Eliacin, le mardi, le mercredi et le jeudi de cette semaine, j'ai aimé le fermier Tom Dickinson.

Mais je n'ai pas voulu le lui dire, mon enfant, parce que j'ai craint de mal agir.

148. *Le porte-monnaie du noyé*

Il était tout flasque, Eliacin, tout abîmé, le porte-monnaie du noyé avec sa clef, sa photo de famille floue et ses trois pennies.

Au début, toucher du pied le jeune noyé au porte-monnaie m'a beaucoup consolée, mais après j'ai été impressionnée de voir qu'il ne souriait pas.

Quand l'ambulance a emporté le jeune noyé, Eliacin, le porte-monnaie est resté, sans que personne le voie, sur les dalles froides et humides du quai. J'ai pensé que c'était là un mauvais endroit, et sans que personne m'aperçoive, je l'ai ramassé et l'ai serré contre mon cœur.

Maintenant, Eliacin, depuis que j'ai trouvé le porte-monnaie du noyé, je dors avec lui sous mon oreiller et je me sens relativement heureuse.

On a dû faire une autopsie du jeune noyé, comme il est d'usage pour les jeunes gens que la mer rejette. Je lui adresse une courte prière chaque nuit. Mais je ne veux pas brûler son porte-monnaie, je ne pourrais pas le faire.

149.   *Un chat paladin*

Mon amie Martha MacCloy, la veuve de Zoroastre MacCloy, ce végétarien si drôle que tu connaissais, a un chat paladin, un chat chevalier, un chat en qui sûrement s'est incarné un capitaine de Richard Cœur de Lion ou de Charlemagne.

Le chat de mon amie Martha MacCloy est tigré et pas très gros et il n'est pas de race connue mais par contre il a un joli nom. Le chat de Martha MacCloy s'appelle Lucius Gamester. Aimes-tu cela ?

Eh bien, mon enfant, Lucius Gamester, comme je te l'ai dit, est un chat paladin. L'autre jour, sans aller plus loin, j'étais en visite chez mon amie Martha MacCloy, lorsqu'un formidable tapage s'est fait entendre sur le toit :

« Tiens, a dit mon amie Martha MacCloy. Voilà Lucius Gamester en train de régler quelque affaire d'honneur sur le toit ! C'est intolérable, chère amie, je vous l'assure, de devoir supporter tout le jour les actions chevaleresques de Lucius Gamester ! S'il ne se corrige pas, il finira par me rendre folle ! »

Le chat paladin de mon amie a disparu l'autre jour sans laisser de trace. Moi, je crois, bien que je ne l'aie pas dit à Martha MacCloy, que Lucius Gamester était un fieffé coquin.

150. *La boue et la fumée*

Jouer avec la boue, Eliacin, me mettre de la boue plein les mains et plein ma robe, c'est devenu chez moi un vice, auquel, mon enfant, je serais capable de sacrifier n'importe quoi.

Je ne sais, je ne sais, mais peut-être le droit de jouer avec la boue n'est-il accordé qu'aux esprits d'élite, aux gens ayant prouvé qu'ils étaient capables de jouer avec la boue sans blasphémer.

La boue, mon enfant, qui n'est ni terre ni mer, ni eau ni humus, peut devenir très dangereuse si on ne l'aborde pas net de tout remords, et tous les sens tendus et en éveil.

Bien entendu, Eliacin, c'est une chose qu'on ne peut laisser entre toutes les mains.

Mais la fumée, par contre, si, Eliacin, la fumée est quelque chose de plus aristocratique, et pour la manipuler, point n'est besoin de formation spéciale. La fumée peut être utilisée sans danger par tous, même par les plus maladroits. La fumée, parfois, se venge et rouille les âmes et les cœurs, mais les violentes échappées sont, heureusement, très rares.

La fumée, mon enfant, est comme le rêve, insaisissable. Si on pouvait s'emplir les poches de fumée, Eliacin, et la poser sur la table comme une pièce de monnaie, la fumée perdrait son charme.

En revanche on peut poser la boue sur une table ; mais, bien sûr, ce n'est pas recommandé.

151.   *Dorothy*

Je dois t'anoncer une mauvaise nouvelle, Eliacin. Dorothy, la gentille Dorothy, cette petite jeune fille complaisante dont tout le monde disait qu'elle finirait par faire un beau mariage, est morte à l'hôpital (Je n'ai pas aimé la voir enveloppée dans ce drap qui ne lui allait pas du tout, ce drap qu'on aurait pu se donner la peine de repasser un peu).

Te souviens-tu, Eliacin, comme tu devins nerveux le jour où Dorothy, en jouant aux gages, te demanda de l'embrasser avec un certain élan mais sans trop d'ardeur ? Je ris chaque fois que le souvenir m'en revient.

Dorothy, peu avant de mourir, me fit demander de lui rendre visite à l'hôpital. Naturellement, je courus à l'hôpital en toute hâte.

— Comment vas-tu, Dorothy ? Je ne savais pas qu'on t'avait emmenée à l'hôpital.

— Oui, on m'a emmenée à l'hôpital, parce que, d'ici, les enterrements sont plus pratiques. Je m'en rends bien compte.

— Oui. Mais, Dorothy, ma petite, tu ne vas pas mourir, tu as encore des forces pour vivre longtemps.

Dorothy sourit.

— Si, madame, je vais mourir après-demain. Je n'ai presque plus de forces. Le peu de forces qui me restent je ne crois pas qu'elles puissent durer plus de deux jours.

— Mais non, chasse ces pensées-là !

Dorothy sourit à nouveau.

— Pourquoi ?

Dorothy était très belle à ce moment, mon enfant,

je t'assure. Deux jours plus tard, comme elle l'avait prévu, elle mourut.

Je lui envoyai des fleurs qui n'arrivèrent pas à temps. A l'hôpital où Dorothy est morte, mon enfant, les enterrements sont si pratiques que les fleurs n'arrivent jamais à temps.

152.   *L'écolier attristé*

L'autre jour j'ai raté l'occasion de m'acheter un écolier attristé, on me l'aurait vendu pour presque rien. Ses parents cherchaient à le placer en de bonnes mains pour une livre et six shillings seulement. Je me suis amusée à marchander un peu, parce qu'il fallait commencer par chausser et habiller des pieds à la tête l'écolier attristé, et une dame s'est décidée avant moi et elle l'a emmené en le prenant par la main.

L'écolier attristé, tandis que sa maîtresse l'emmenait par la main, ne tourna pas la tête. Il faut croire qu'il ne portait pas un intérêt excessif à ce qu'il laissait derrière lui.

Moi, mon enfant, je me suis piquée de curiosité et j'ai hâté le pas jusqu'à ce que je les aie rejoints. L'écolier attristé n'était pas plus triste que d'habitude ; à dire vrai il n'était pas plus gai non plus. L'écolier attristé marchait comme s'il avait été de bois, le regard fixé au sol, la main traînant le long du mur.

La dame qui l'avait acheté, bien qu'elle eût le front dur, semblait avoir de bons sentiments et de temps à autre, elle donnait une tape pas très forte sur la tête de l'écolier attristé. L'écolier attristé recevait le coup sur sa tignasse couleur carotte, et il ne se recroquevillait pas, ne s'étirait pas, ne se baissait pas, ne ripostait pas. Peut-être ne se rendait-il compte de rien.

La maîtresse de l'écolier attristé, mon enfant, en passant devant une boutique de bonbons acheta un bonbon à la menthe, le cassa plus ou moins en deux et donna sa part, la plus petite, à l'écolier attristé ; l'autre, elle la suça un peu puis la rangea dans son sac, enveloppé dans un papier de soie. On voyait tout de suite, Eliacin, que la maîtresse de l'écolier attristé était une femme très soigneuse.

Moi, mon enfant, comme je n'avais rien de mieux à faire, j'ai suivi un bon moment l'écolier attristé et sa maîtresse.

Dans une épicerie, on acheta trois gâteaux secs à l'écolier attristé. L'écolier attristé en mangea deux et mit le troisième dans la poche de son pantalon.

Le pantalon de l'écolier attristé, Eliacin, était une mine profonde d'inimaginables trésors, de richesses sans fin qui tiédissaient à la douce chaleur de l'aine et qu'il caressait, à la dérobée, dès que se présentait la plus petite possibilité de ne pas être vu.

Je ne regretterai jamais assez, mon enfant, d'avoir laissé échapper l'occasion de prendre en charge l'écolier attristé. Dans notre foyer, Eliacin, l'écolier attristé eût pu jouer le joli rôle de clairon.

Seule me console l'idée, mon enfant, que l'écolier attristé, avec le temps, réussira à arracher le cœur de la dame qui l'a acheté. J'imagine qu'il commettra cette mauvaise action en poussant des éclats de rire horribles, à vous donner le frisson.

153.   *Musique de fond*

Il existe toute une technique, Eliacin, une technique qui, il est vrai, ne doit pas être difficile du tout, relative à la musique de fond. Les musiciens spécialisés dans ce genre de musique, mon enfant, ont d'ordinaire les fentes de la tête embués par une vapeur tiède et translucide qui accroît la température de la tête et annihile sa faculté de laisser passer la lumière en fonction de l'intensité émotionnelle des situations.

Ils placent un manomètre sur leurs glandes surré-nales et travaillent automatiquement, comme les réfrigérateurs électriques. La chose est on ne peut plus simple.

154.   *La chemise du bonheur*

Dans un vieux conte persan, Eliacin, tu dois t'en souvenir, il y avait un homme, peut-être un mendiant, je ne pourrais te le préciser, qui était très heureux parce qu'il n'avait pas de chemise.

Pour moi, mon enfant, c'est le contraire. Moi, pour être heureuse, j'ai besoin de porter un certain vête-ment, de couleur prévue, d'une forme particulière et d'une qualité déterminée et précise.

(Naturellement, mon enfant, ta mère n'est pas en train de parler de chemise, vêtement que la femme a jeté par-dessus bord depuis longtemps. Pourrais-tu deviner, Eliacin, toi qui es un homme maintenant, à quel genre de vêtement je fais allu-sion ? Je te donnerai une précision qui pourras peut-être te servir d'indice : en ce moment je me sens fébrile, mais aussi comme reposée.)

155.   *Le cerf empaillé*

1

Avec ses doux, ses inquiétants yeux de verre, mon enfant, le cerf empaillé sur son mur me regarde fixe-ment. La dernière fois que tu es parti de chez nous, Eliacin, tu as dit au revoir, avec une certaine émo-tion même, à notre cerf empaillé qui, sur le mur, te regardait aussi fixement, avec ses paisibles, ses coupables yeux de verre.

Il y a eu des moments, lorsque je suis restée seule après ton départ, où j'ai pensé que le cerf empaillé allait me dire quelques mots de consolation, mon enfant, quelque parole amicalement condescendante. Mais le cerf empaillé, Eliacin, s'est borné à continuer de me regarder sans sourciller, étrange objet avec ses mystérieux yeux de verre.

2

De ses cornes de bonbon, Eliacin, de ses douces, inoffensives cornes, mon enfant, le cerf empaillé me menace tous les matins. La dernière fois que j'ai épousseté, Eliacin, avec mon petit plumeau et mon soin habituel, ces cornes ignominieuses, mon enfant, je les ai trouvées moins froides que de coutume, un peu plus, comment dirais-je ? accueillantes et tièdes.

Depuis lors j'ai cessé de l'épousseter avec mon petit plumeau ; n'oublie pas, Eliacin, que je vis rigoureusement seule.

3

Avec son air triste et résigné, Eliacin, le cerf qui me regarde et me menace de son mur me tient vraiment compagnie, il faut bien le dire.

Il ne me voit pas encore, il ne me parle pas, il ne me sourit pas, bien sûr, mais je crois que tout cela viendra.

On ne fait pas réagir si facilement les cerfs empaillés, Eliacin.

156. *Papiers vierges*

Tout notre savoir, Eliacin, peut s'écrire sur un papier vierge pas très grand. En dessinant sur un

papier, avec le plus grand soin, les lettres de l'alpha-
bet, et en les ajustant selon toutes les combinaisons
possibles, mon enfant, on arriverait à produire deux
ou trois drames de Shakespeare et même un peu
plus. L'ennui c'est qu'il faudrait beaucoup de temps.

Sur les papiers vierges, Eliacin, dorment les grandes œuvres littéraires de l'avenir, les grandes œuvres
littéraires qui restent encore à écrire. Parfois je suis
tentée d'affronter les papiers vierges et de commencer
à écrire des lettres, les unes derrière les autres, pour
voir ce qui en sortirait. Certains disent que le latin
a été inventé de la sorte, moi je n'en sais rien.

157. *Les odeurs qui réveillent en nous*
les mauvais instincts

Les odeurs qui réveillent nos mauvais instincts,
Eliacin, qui réveillent les instincts les plus vils et les
plus délicats, mon enfant, sont d'ordinaire les meilleurs odeurs, les odeurs officiellement les meilleures :
la rose, le jasmin, la violette.

Lorsque tu étais petit, Eliacin, je te parfumais toujours à la rose, au jasmin ou à la violette, selon ce
que mon imagination exigeait de toi. J'employais la
rose pour encanailler ton regard, mon enfant ; le
jasmin pour te déguiser en amant dépité, la violette
pour ne jamais savoir que tu te refuserais, avec quel
entêtement ! aux plus incorruptibles sourires de ta
mère.

Les odeurs qui réveillent en nous les mauvais
instincts, Eliacin, se sont évaporées de par le monde,
flottent sur le monde, en attendant que quelqu'un
veuille bien les sentir.

Les hommes et les femmes, mon enfant, qui ont
beaucoup respiré les odeurs qui réveillent en nous
les mauvais instincts, ont d'ordinaire une grande
paix, posée, tel un oiseau, dans le regard.

158.   *La ligue des bacilles résistant*
aux acides

Elles sont curieuses les conclusions de la II° Assemblée de la LIBRA (Ligue des Bacilles Résistants aux Acides) qui s'est tenue, il y a déjà quelque temps, à Hambourg. C'est toi qui la découvris, et cette découverte te remplit de joie et d'orgueil. Je crois que c'était par pur hasard ; pardonne-moi, Eliacin, je ne te considère pas comme un cerveau exceptionnel mais, relativement, comme un bon fils.

Le plan d'extermination du genre humain conçu par la LIBRA est, dans l'ensemble, bien ourdi. S'il comporte quelques menues failles, elles peuvent à tout moment être comblées sans perte de temps.

Le bacille Lucky Koch, un jeune Caucasien rééduqué à Boston, posa convenablement le problème et ne toléra pas qu'on perdît du temps ni qu'on s'égarât hors de la question. En fait, le jeune Lucky Koch est un juriste de premier ordre et sa présence fut des plus efficaces.

Dans cette seconde Assemblée on ne traita que d'une question : « L'extermination du genre humain, jalon nécessaire dans la conquête du pouvoir ».

Certains congressistes pensaient qu'on aurait dû commencer par les bovins ; leurs amendements furent promptement repoussés. Vois-tu, mon enfant, le manque d'esprit de suite ne mène généralement à rien de bon.

Herr Augustus Friedenberg, dont les poumons abritaient les séances de la LIBRA, voulut en finir avec l'Assemblée et eut recours au rimifon, à la streptomycine et au pneumothorax. Herr August Friedenberg obtint un maigre succès : la LIBRA, comme toutes les associations persécutées, fit contre mauvaise fortune bon cœur et approuva ses conclu-

sions en session permanente. Herr August Friedenberg avait bien un peu raison. Pourquoi, se deman-
dait-il, mes poumons doivent-ils être le siège per-
manent de la LIBRA ? Qu'ils aillent à Liverpool,
dont le climat n'est pas mauvais non plus. Herr
Augustus, mon enfant, n'avait pas tort, mais personne
ne l'écouta. Note bien tout ceci, Eliacin. (Ah, à
propos : cette note de serpentins dont je t'ai dit, t'en
souviens-tu ? qu'elle me semblait un peu excessive,
eh bien, je l'ai payée. Je n'avais aucune envie de
le faire, mais certaines raisons m'y ont obligée, tu
n'as pas besoin de les connaître.)

Le genre humain, pour la LIBRA, se divise, en
ce qui concerne son extermination, en trois groupes
A, B et C ; à la catégorie A appartiennent ceux qu'il
convient d'éliminer le plus tôt possible (médecins,
chimistes, philanthropes, etc.) ; à la catégorie B, ceux
dont on doit envisager la destruction dans certaines
circonstances (pharmaciens, architectes, etc.) ; à la
catégorie C, ceux que, pour diverses causes, il convient de garder en réserve jusqu'au bout (les poli-
ticiens, les stratèges, les fabricants d'armes etc.). Les
listes ne sont pas nominales, comme tu le vois, les
gens sont classés par professions ou activités.

Tout cela, je me plais à le répéter, mais tu le sais
déjà, Eliacin, c'est même toi qui me l'as fait connaître. Et même s'il n'est pas sûr que tu sois l'auteur de
la découverte, il est toujours salutaire, je crois, de
feindre d'être — à défaut de sentir qu'on l'est — la
mère d'un génie.

Le groupe A se compose...

159.   *La fontaine brisée*

Cette fontaine brisée du jardin, mon enfant, lorsque venait l'hiver et que la neige tombait par-
dessus, chantait de sa voix douce — une voix sembla-

ble à celle des cerfs-volants jeunes mariés — de tendres et fragiles complaintes que j'étais seule à comprendre et que, bien qu'on m'en suppliât, je ne
voulais déchiffrer pour personne.

Je me souviens qu'une fois, lors de la visite de ce
marquis italien si amateur de beaux-arts, dont je
crois t'avoir déjà parlé, la fontaine brisée chanta,
peut-être en son honneur, de sa voix mélodieuse et
secrète, une longue et ravissante cantate sans commen-
cement ni fin.

— Qui chante, madame ?
— Ma fontaine brisée, marquis.
— Et que dit-elle ?
— Excusez-moi.

Le marquis italien, mon enfant, qui était si amateur de beaux-arts, surtout de musique et de poésie,
insista tant que je dus me montrer dure envers lui.
Pour compenser mon refus, mon enfant, je le priai
de me demander n'importe quoi qui fût à ma
portée, pour tenter de lui faire plaisir, et le marquis
italien, Eliacin, me déshabilla et me marqua le corps
à coups de fouet.

Cette fontaine brisée, mon enfant, d'où jaillit toujours un long filet d'eau, se tarit pendant trois jours.
Les marques du fouet, je pourrais encore te les montrer, Eliacin, si tu me le demandais.

160.   *Valses viennoises*

Il fut un temps, Eliacin, où toi et moi nous aimions
les valses viennoises obstinément joyeuses, valses viennoises qu'il faut écouter déguisé en arbre et les
yeux doucement mi-clos, avec une feinte délicatesse.

Je me souviens, comme si c'était hier, de la nuit
que tu passas à danser des valses viennoises avec
cette jeune fille insignifiante, comment s'appelait-

elle ? qui se mit à pleurer et causa un énorme scandale quand tu voulus l'embrasser.

Les valses viennoises, Eliacin, ne sont pas propices à l'amour, tous les deux nous le savons bien. Les valses viennoises, mon enfant, inclinent plutôt à l'exercice des arts cadencés du mariage. L'amour, Eliacin, est une arythmie.

Lorsque à la radio on entend, par un hasard point trop rare, une valse viennoise, Eliacin, « Le Beau Danube bleu » par exemple, ou « Les patineuses », ou « La voix du printemps » je me déchausse et je saute par-dessus les meubles, mon enfant, jusqu'à ce que je tombe épuisée et hors d'haleine.

Alors, Eliacin, je pleure un peu, d'une manière assez silencieuse, et j'embrasse ta photographie. Après, en général, je m'endors.

Oui, Eliacin, souviens-toi, il fut un temps, déjà lointain, où les valses viennoises nous rendaient heureux toi et moi, les désolantes et joyeuses valses viennoises qu'il faut danser pieds-nus, ou alors avec des escarpins d'or.

En ce temps-là, mon enfant, nous souriait encore, combien traitreusement ! le sang qui naviguait dans nos veines. Mais ce temps-là, Eliacin, est fini pour tous deux. Nous pourrions difficilement le revivre, du moins avec la fougue de jadis.

161. *La cloche de bronze qui sonne au-dessus des montagnes*

Si j'en avais le pouvoir, Eliacin, j'ordonnerais de faire taire la cloche de bronze qui sonne au-dessus des montagnes car dans les moments où ta pensée m'absorbe le plus, où je songe à tes yeux, par exemple, ou au son de ta voix quand tu me demandais un bain, ou au grain de beauté que tu avais dans le cou, ou à tes mains inexpertes ou, simple-

ment, qu'il fallait penser à mettre des cordes neuves
à ta raquette de tennis, elle me distrait et m'oblige,
à mon grand regret, à te tourner le dos.

La cloche de bronze qui sonne au-dessus des montagnes, mon enfant, ce pourrait bien être la cloche
de la haine, Eliacin, la cloche qu'on ne pourra jamais
faire taire parce que là où résonne son glas nous,
les humains, nous ne pouvons parvenir sans damner
nos âmes pour toujours, à la grande joie du Démon.

Parmi mes amies ou mes voisines, Eliacin, il
y en a trop qui ont l'âme sourde comme un poisson
mort, sourde et venimeuse comme une couleuvre
morte.

Si j'avais un pouvoir quelconque, Eliacin, un pouvoir réel et non factice, j'ordonnerais de faire fondre
la cloche de bronze qui résonne au-dessus des montagnes et d'élever, dans sa matière ardente, une statue
aux animaux distraits. Mais moi, mon enfant, je
n'ai aucun pouvoir, Eliacin, je ne suis qu'une pauvre
femme sans force, sans force ni pouvoir aucun pour
la jeter à bas d'un seul geste — quitte à y passer d'un
coup toute mon énergie —, cette cloche de bronze qui
résonne au-dessus des montagnes. Si je voyais autre
chose qui fût dans mes moyens, Eliacin, j'essaierais
de te faire plaisir. Quelles que soient tes exigences.

162. *L'enfant en flammes*

Je n'ai pas voulu l'éteindre, mon enfant, pour ne
pas que se déchaîne sur nous, sur toi et sur moi, la
colère des dieux.

L'enfant en flammes, entouré de cris, courait dans
la campagne incendiant les bois. L'enfant en flammes, Eliacin, qui portait la joie peinte sur son visage
en couleurs indélébiles, courait sur la berge, embrasant le bétail stupéfait. L'enfant en flammes, Eliacin, qui s'appelait Toby et qui était tout vêtu de

flammes, courait poursuivi désespérément par les femmes qui voulaient l'éteindre contre leur cœur sans craindre aucunement la colère des dieux.

Ce fut un spectacle inoubliable, Eliacin, que celui de l'enfant en flammes. Je me réveillai en sursaut, mon enfant, et j'essayai, par tous les moyens, de me rassurer, mais son souvenir revenait, encore et encore, dès que je fermais les yeux.

Toi, parmi la foule, en uniforme et toujours beau, mais un peu plus âgé peut-être, tu étais cloué de stupeur. L'enfant en flammes, s'annonçant par un sifflement strident, faisait des pirouettes en l'air plus haut que les nuages, embrasant les oiseaux et les anges.

Ce fut, je te l'ai dit, un spectacle inoubliable. Mais, suis-je sotte ! pourquoi te donner tant d'explications puisque tu étais là, dans la foule, en uniforme et toujours beau, bien qu'un peu plus âgé peut-être, cloué de stupeur ?

Parfois, mon enfant, je commets des lapsus impardonnables, oui, Eliacin, ne nous mentons pas, je ne suis plus celle que j'ai été.

163.   *La coquille de nacre*

Polie par nos pleurs, Eliacin, par tes pleurs et ceux de tes compagnons, la lisse coquille de nacre que je caresse comme on flatte la gorge d'une jeune fille, mon enfant, siffle, au bout de mes doigts, avec une douceur dont je ne lui serai jamais assez reconnaissante.

A côté de ton portrait, Eliacin, de l'un de tes portraits — celui où tu apparais une rose à la main —, au-dessous de ton portrait, mon enfant, dort la coquille de nacre quand il est déjà très tard et que je suis très triste, et que je me lasse de la caresser.

L'autre nuit, Eliacin, la coquille de nacre m'a fait

une peur terrible, une peur dont j'ai mis plusieurs jours à me remettre. Je préfère ne t'en rien dire, parce que tu risques toi aussi d'avoir peur avant que j'achève mon récit, et d'ailleurs tout ceci, heureusement, n'eut pas la moindre importance.

Les coquilles de nacre, mon enfant, polies par les pleurs de tant de jeunes marins, ont souvent des sentiments très délicats.

164.   *Le plus vieil arbre de la ville*

Il est mort de vieillesse, Eliacin, à ce que l'on dit, le plus vieil arbre de la ville, celui dont l'écorce portait gravés les noms des fiancées des capitaines qui partaient pour la guerre de Trente Ans.

En recevant la nouvelle, mon enfant, j'ai cru qu'elle m'attristerait bien plus qu'elle ne m'a attristée en réalité.

J'avais de l'amitié, Eliacin, je dois te l'avouer, pour notre vieil arbre, le plus vieil arbre de la ville, mais mon cœur, semble-t-il, s'endurcit avec le temps, devient insensible à cause de la course rapide de la douleur.

La mort du plus vieil arbre de la ville, Eliacin, ne m'a coûté qu'une journée de larmes, moins les heures des repas et un court moment pendant lequel je suis sortie faire des emplettes.

Son bois, que j'ai acheté à la mairie, brûlera dans ma cheminée. Quelle joie, Eliacin, quelle immense joie !

165.   *Les musiciens des rues*

Avec leurs accordéons et leurs violons, mon enfant, les musiciens des rues jouent, à la porte des cafés, en hommage aux buveurs qui ont de bons instincts.

Avec leurs clairons et leurs violons, mon enfant, les musiciens des rues jouent, à la porte des églises, en l'honneur des mariés qui ne savent pas comment ils vont vivre.

Si cela ne prêtait le flanc aux médisances, Eliacin, je ferais entrer chez moi tous les musiciens des rues que je rencontrerais jouant des polkas et des marches à la porte des cafés et des églises. Notre maison est grande, mon enfant, comme tu le sais et je pense que nous pourrions y tenir tous, moi, ta mère et les musiciens des rues, ces musiciens tièdes et parfumés, qui se couvrent la tête d'une casquette à visière en toile cirée et portent une lyre tatouée sur le cœur. Les musiciens des rues, Eliacin, sont bien souvent les héros de minuscules tragédies qui éclaboussent la vie des hommes, car les spectateurs les plus vils aiment à voir des hommes lutter pour ne pas se noyer.

Mais les musiciens des rues, Eliacin, préfèrent se noyer petit à petit, comme les vieilles baleines, et refusent ce combat auquel ils renoncèrent pour jouer de la musique, du matin au soir, tout en se promenant, lentement, dans la ville, se montrant sur le seuil des cafés et des églises, en quête d'un buveur compatissant ou d'un marié pauvre qui, miraculeusement, leur donnent encore à manger.

Par les froides journées d'hiver, Eliacin, je pense et repense aux musiciens des rues, aux hommes qui jouent avec des violons malades, et des accordéons malades, mon enfant, et de grands remords me taraudent, que je ne peux éviter.

Oui, Eliacin, si cela ne prêtait le flanc aux médisances, je remplirais notre maison de musiciens des rues qui, le dix-sept avril, jour de ton anniversaire, s'offriraient, aimables et souriants, à interpréter, à la porte de ta chambre vide, les airs qui te plairaient le plus.

Ce serait un jour heureux, Eliacin, un jour d'im-

mense bonheur pour tous, mais le courage me manque, mon enfant, je n'ai pas encore le courage
nécessaire.

166. *Le marin sans bateau*

Comme il est triste le marin sans bateau, Eliacin,
le marin qui a perdu une jambe sur la terre ferme,
parce qu'un train l'a renversé !

Le marin sans bateau qui a perdu sa jambe sur
la terre ferme, Eliacin, parce qu'un camion l'a renversé, s'appelle Eusebius W. Clownish ; il a une
tante religieuse dans le South Dakota ; il est de race
noire, bien que, à l'en croire, il ait eu un grand père
majorquin ; il tatoue des têtes de morts et des
bateaux à voile à des conditions très intéressantes ;
il apprivoise des perroquets par pur plaisir ; il chante,
les yeux fermés, des mélodies sentimentales de son
pays, et il est capable, aux dires de ceux qui le
connaissent mieux que moi, de lire Cervantès dans
le texte.

L'autre jour, Eliacin, j'ai eu l'occasion de parler
un long moment avec Eusebius W. Clownish, le
marin sans bateau, qui vint à la maison m'offrir
ses services, au cas où je voudrais me faire tatouer
une ancre, une fleur, comme le font les dames, un
palmier ou des initiales.

Je pensai un moment, mon enfant, me faire tatouer
sur le ventre les lettres E.A.C. entrelacées, mais je
préférai y renoncer car la chose ne me parut, tout
bien considéré, d'aucune utilité.

— Gentil marin, comment avez-vous perdu votre
jambe ?

— Hélas, madame, si je le savais ! Certains disent
que ce fut à cause d'un train, madame, qui roule
toujours sur la voie ; d'autres disent, madame, que ce

fut un camion, qui parfois, surtout dans les rues étroites, monte sur le trottoir...

Moi, mon enfant, le marin sans bateau, me remplit d'épouvante. Je ne pouvais imaginer qu'il y eût au monde quelqu'un d'aussi triste que Eusebius W. Clownish, le marin sans bateau, qui perdit une jambe sur la terre ferme, et je lui préparai une tasse de thé chaud.

— Un peu de cake ?

— Oui, merci, madame.

Au marin sans bateau j'ai donné un cake et demi, Eliacin.

— Encore du thé ?

— Oui, merci, madame.

Au marin sans bateau, j'ai servi plus de vingt tasses de thé, Eliacin.

— Une cigarette ?

— Oui, merci, madame.

Le marin sans bateau a fumé toutes les cigarettes que j'avais à la maison, Eliacin.

— Du gin ?

— Non, merci madame, je ne bois pas.

Le marin sans bateau qui perdit une jambe sur la terre ferme, Eliacin, il m'a semblé un moment qu'il était un peu moins triste peut-être.

167. *La soif*

Si j'avais une grande soif permanente, mon enfant, je serais toute la journée en train de boire et mes souvenirs seraient peut-être plus aimables. Mais hélas ! je n'ai presque jamais soif et il m'en coûte énormément de boire. (A cause, Eliacin, de mon manque de soif, mes souvenirs sont, ordinairement, affligeants et se détachent sur un fond peint en noir.)

La soif, Eliacin, est le câble que la Providence tend aux affecteux, aux pauvres, aux malades, à ceux qui vivent, comme moi, bien qu'à moi elle me l'ait refusé, qui vivent debout entre l'inertie et le hasard, comme par miracle.

La soif, mon enfant, est un mot que je ne devrais pas oser prononcer devant toi, qui es assoiffé au milieu de tant d'eau, mais, bien que je sache tout le mal que je te fais, je ne peux me taire.

168. *Le capricieux décolleté de Matilda Help*

Matilda Help, mon enfant, a un capricieux et profond décolleté sur lequel glisse l'Histoire : Alexandre, Jules César, Napoléon, Victor Hugo. Matilda Help, mon enfant — tu n'as pas pu la connaître, c'est dommage —, est la fille naturelle d'une comtesse polonaise toujours prête à secourir les pauvres, et d'un pilote de la RAF qui fut abattu en territoire ennemi et dont on ne sut plus jamais rien.

Matilda Help, mon enfant, n'a pas connu son père, avec qui sa mère, sans aucun doute, serait parvenue à se marier, et elle doit se résigner à voir glisser l'Histoire : Hannibal, Christophe Colomb, Chateaubriand, Bismarck.. sur son profond et capricieux décolleté.

Matilda Help, mon enfant, a déjà deux ans et elle parle avec une étonnante clarté. Je me sens remplie de joie lorsque sa mère, une comtesse polonaise toujours prête à aider les nécessiteux, l'amène en visite à la maison.

169. *La sortie de l'école*

Tous les matins, Eliacin, je lis avec beaucoup de soin la rubrique des faits-divers du journal, pour voir combien d'enfants sont morts écrasés à la sortie de l'école. Bien que cela puisse te paraître stupéfiant, Eliacin, il ne meurt presque jamais d'enfants écrasés à la sortie de l'école, et ceci est un mystère que je n'arriverai jamais à éclaircir.

La sortie de l'école, mon enfant, avec tous ces barbares en liberté, sans défense, sautant entre les automobiles et les camions, est un spectacle déprimant dans un pays civilisé.

Je ne sais s'il ne vaudrait pas mieux, Eliacin, s'il ne serait pas préférable pour tous, que les automobilistes reçoivent des ordres précis et très sévères de renverser deux ou trois enfants tous les deux jours, pour voir si l'on pourrait mettre fin à cette énorme joie, si dépourvue de sens. Les maîtres ont déjà largement prouvé leur incapacité.

J'ignore si les directeurs de journaux, nourrissant en leur cœur quelque sentiment inopportun de philanthropie mal comprise, ont ordonné à leurs rédacteurs de jeter au panier toutes les nouvelles — bénéfiques — concernant les accidents d'enfants, car je ne peux croire, mon enfant, qu'il ne meure pas quotidiennement, écrasés à la sortie de l'école par les automobilistes et les camions, une demi-douzaine de petits garçons et autant de petites filles.

Peut-être les choses sont-elles mieux ainsi, mais peut-être l'heure a-t-elle sonné d'employer les grands remèdes qui sont habituellement nécessaires face à de grands maux.

170.   *La braise qui couve dans la cheminée*

La lumière éteinte, Eliacin, un peu avant d'aller au lit, je reste souvent un moment à contempler la braise qui couve dans la cheminée, la braise de couleur rouge, bleue, orange, rose, verte, violet pâle, que laisse le bois qui a brûlé pendant le jour.

Certains soirs heureux, Eliacin, parmi les dernières lueurs de la braise qui couve dans la cheminée, tu apparais, toi, les yeux fermés, et tu me dis quelques mots dans une langue étrange que je ne parviens pas à comprendre, une langue étrange qui pourrait être du grec.

Les soirs où il en est ainsi, assez rares, malheureusement, je ne me couche pas jusqu'à ce que la braise qui couve dans la cheminée devienne noire et grise, mon enfant, comme la fumée et le brouillard du quai, et froide comme cette main que nous craignons toujours de rencontrer.

Si l'on pouvait manger la braise qui couve dans la cheminée, Eliacin, si l'on pouvait la manger comme on mange du pâté ou du beurre, tartinée sur du pain grillé, je ne me coucherais jamais sans avoir essayé de te manger, mon enfant, même si tu devais ensuite parler en toi-même dans la langue étrange et si les visiteurs me croyaient un monstre capable de dévorer des marins grecs ou des pêcheurs d'éponges grecs ou des poètes grecs, ou de songeurs soldats grecs à la blanche jupe plissée.

Mais la braise qui couve dans la cheminée, Eliacin, est une chose qu'il faut nous résigner à regarder fixement, traîtreusement même, afin qu'elle nous livre peu à peu ce fils brûlant que nous, les mères, nous avons perdu, pour qui peut-être nous avons honte de continuer à vivre, honte de continuer à écouter le terrible battement de notre cœur.

La braise qui couve dans la cheminée, Eliacin, avec sa respiration retenue qui se meurt dans une si bienfaisante langueur, absorbe mon esprit le soir, mon enfant, à des heures où je devrais être en train de rêver de toi et rien que de toi, et elle se refuse à me lâcher comme si moi, pauvre de moi ! je pouvais être encore une proie désirable.

171. *Les machines à écrire*

Si j'avais quelques billets de trop, Eliacin, j'achè-
terais une machine à écrire pour taper sur le clavier
tout le jour, n'importe comment et n'importe quoi.

Les machines à écrire, Eliacin, sont des objets on
ne peut plus mystérieux ; ils rendent l'homme et la
femme semblables aux mauvais anges qui n'ont pas
voulu se contenter de leur sort.

Si j'avais une machine à écrire, mon enfant, je
la nettoierais méticuleusement chaque matin, de façon
que personne ne puisse me reprocher mon manque de
soin, et, si je la savais discrète et capable de garder
un secret, je l'utiliserais pour t'écrire des lettres, Eliacin, afin de te faciliter leur lecture et aussi pour que
tu puisses les montrer de loin à tes amis.

172. *Les vieux livres*

Les vieux livres, mon enfant, au dire des connais-
seurs, sont de véritables puits d'une sagesse jalousement gardée, telle une eau qui ne se livre pas à
tous ceux qui veulent la boire mais seulement à
quelques assoiffés triés sur le volet, aux assoiffés
qui ont, de naissance, la chair taillée dans le bois
ductile et spongieux dont on fait les sages.

Les vieux livres, Eliacin, avec leurs lettres pâlies
par tant de lectures et de relectures, abritent sous
leur apparente crasse l'entrée de la grotte profonde
où l'on garde les clefs de la sagesse, les lourdes clefs
que si peu osent charger sur leurs épaules.

Lorsque tu suivais le chemin des sages, Eliacin,
et que malgré ta totale ignorance, tu avais l'air apte
à tout savoir, je rêvais de t'offrir un jour un vieux

livre qui te livrerait la clef de toutes choses, un
vieux livre qui t'expliquerait, avec de très solides
arguments, les mystères les plus clairs de l'univers.

Mais maintenant que les vieux livres ne peuvent
plus te servir à rien, Eliacin, car au fond de la mer
on devine même les secrets que les vieux livres ne
parviennent pas à élucider, je repousse les vieux
livres.

Et j'affirmerais presque qu'ils ne renferment que
de douloureux mensonges.

173. *Les mains*

Ah ! mon enfant, si nous savions à quoi nous servent les mains, avec leurs cent osselets, leurs doigts,
leurs ongles, leur paume et leur dos ! Ah ! mon
enfant, si nous pouvions utiliser nos mains pour saisir
ce que nous ne voudrions jamais laisser échapper !
Ah ! mon enfant, si les mains pouvaient nous servir
au moins à dire adieu ! Ah ! mon enfant, si les
mains n'étaient pas si inutiles, si les mains étaient du
même tendre cristal dont est fait notre cœur !

Les mains, Eliacin, ces mains que je regarde maintenant, remplie d'étonnement et de stupeur, comme
si c'étaient les mains d'une femme décapitée pendant
la Révolution Française ; ces mains que je lave plusieurs fois tout le long du jour et qui, à force de
soins, ont gardé bonne apparence ; ces mains aveu-
gles, qui, un jour, servirent à peigner tes cheveux,
je les vois aujourd'hui bien mortes et sans but. Si les
mains pouvaient s'acheter et se vendre, mon enfant,
je n'hésiterais pas un instant à échanger ces mains
contre d'autres qui se sauraient utiles à quelque chose,
nécessaires à quelque rose et pâle entreprise.

Mais nos mains, Eliacin, sont collées au malheur,
aussi violemment que le vent traître se colle aux
voiles des bateaux, et nous ne pouvons nous les

arracher, d'un coup de hache, pour que notre venin aille empoisonner les chiens affamés.

Ou peut-être le pourrions-nous, Eliacin, et nous manque-t-il le courage de le faire, qui sait ?

Les mains, mon enfant, ne sont bonnes qu'à être regardées tout le jour, à l'endroit et à l'envers, afin que nous nous sentions, à chaque heure qui passe, un peu plus prisonniers de leurs intentions les plus basses et les plus tortueuses.

Ah ! mon enfant, quel grand malheur de savoir à quoi nous servent nos mains, avec leurs cent osselets, leurs doigts, leurs ongles !

174.   *Le poisson sans écailles*

C'était un poisson sans écailles, un poisson lisse, doux et sans nom comme une jeune fille. Quand je le rapportai à la maison, songeant au plaisir que tu aurais à le caresser lentement, mon enfant, je me sentis prise d'un léger étourdissement, une sorte de malaise imperceptible qui me remplit de bonheur, pourquoi te mentirais-je ?

Le poisson sans écailles, Eliacin, mon poisson sans écailles était d'une belle couleur orange qui, par la suite, s'éteignit peu à peu, de tristesse sans doute, de cette tristesse contagieuse à laquelle je suis condamnée, cette tristesse que seul, de temps à autre, rarement mon poisson orange, sans écailles, parvenait à adoucir.

Sur la petite table de la cheminée, Eliacin, le poisson sans écailles semblait une petite fille malade, une petite fille moribonde, une petite fille qui aurait un nid de corneilles couchées sur ses fragiles côtes, collé contre les plus minces cloisons de son cœur.

J'ai essayé de réanimer de mon souffle le poisson sans écailles, Eliacin, mais le poisson sans écailles, la bouche grande ouverte et sans expression, me glissa

des mains et se tua en heurtant le sol, mon enfant.
il se tua probablement en heurtant le sol.

(Je pense, Eliacin, que le poisson sans écailles,
s'il avait été plus docile, n'aurait pas trouvé la mort
sans peine ni gloire des suicidés des hautes tours,
ces oiseaux sentimentaux à qui l'air manque à mi-
chemin).

Attristée par la mort de mon poisson sans écailles,
mon enfant, je le gardai à côté de moi tout le temps
que je pus, jusqu'à ce qu'il se mette à sentir très
mauvais et que sa belle et brillante couleur orange
se soit peu à peu éteinte et obscurcie, comme la
colère des tendres oiseaux. Alors, Eliacin, je m'assis
sur le sol, — c'était pour empêcher mes jambes
de trembler, je le sais — et je le jetai dans le feu
de la cheminée, et le feu mit beaucoup plus de
temps à le dévorer que je n'aurais cru.

Le poisson sans écailles, mon enfant, craqua comme
un insecte transi de froid et se changea en une petite
flamme presque imperceptible. Et cependant mon
poisson sans écailles était un poisson lisse, Eliacin,
un poisson doux et sans nom, comme une jeune fille
qui se sait enlacée par un homme très fort.

175. *La figurine en ivoire*

Tu es accouru joyeux, la figurine en ivoire dans
ta poche, Eliacin, sans savoir, peut-être, que cette
figurine en ivoire, patinée par les ans renfermait
l'âme d'une prostituée chinoise de la dynastie des
Sung qui avait subi toutes sortes de malheurs après
avoir connu le bonheur.

Tu ignorais, Eliacin — et ce n'est pas moi, à
coup sûr, qui te révélai le mystère — que cette
figurine en ivoire, qui finit par se perdre, gardait,
dans le coin le plus éloigné et le plus sombre de
sa conscience, le souvenir de plusieurs horribles cri-

mes commis par les faibles de tous les temps, par les assassins les plus pâles et les plus souriants de tous les temps.

Tu es accouru resplendissant, la figurine en ivoire dans ta poche, Eliacin, et tu m'as demandé de la caresser, ce que j'ai refusé de faire malgré tes menaces. Ce fut un dur moment pour moi, mon enfant, très dur, un moment qui me fatigua d'une manière inhabituelle, parce que je dus fournir un gros effort pour te persuader, Eliacin, que toutes tes tentatives étaient vaines, que je ne caresserais pas la figurine en ivoire.

J'ai été bien soulagée, mon enfant, le jour où je ne pus, malgré toutes mes recherches, mettre la main sur la figurine en ivoire. Par chance — oui, en ce cas, ce fut une chance — tu n'étais déjà plus avec moi. Je préfère ne pas penser à ce qui serait arrivé si tu avais été dans la pièce à côté.

Car toi, Eliacin, tu avais mis toute ta tendresse dans cette figurine en ivoire qui finit par se perdre. Et même, mon enfant, tu lui manifestais une tendresse plus constante et de meilleur aloi que celle que tu réservais à ta mère, qui n'était pas en ivoire et ne renfermait pas l'âme d'une prostituée chinoise de la dynastie des Sung (960-1279), une lointaine prostituée chinoise qui avait connu le parfait épanouissement des arts.

176. *Je n'ignore rien de tes plus secrètes pensées*

Je n'ignore rien de tes plus secrètes pensées, Eliacin, et pourtant il vaudrait mieux, lorsque tu projettes de te montrer froid envers moi, que je n'aie pas la faculté de les lire comme si tu les portais écrites à l'encre sur le front.

Tes pensées les plus cachées et les plus secrètes,

mon enfant, pourraient se grouper en trois grandes
catégories :

a) Pensées qui te poussent à manifester ton amour
envers tout ce qui m'entoure afin de m'enfermer
dans une froide île d'indifférence.

b) Pensées qui prétendraient me laisser entendre
que je suis un obstacle dans ta vie, et que tu tâches
d'écarter tout obstacle de ta route, par tous les
moyens à ta portée.

c) Pensées qui t'amènent à souhaiter ouvertement
ma mort.

(Ces dernières pensées, Eliacin, te remplissent
d'angoisse, parfois ; alors tu les envloppes généralement dans un petit cadeau : des fleurs, des choco-
lats, un poudrier).

Je n'ignore rien de tes pensées les plus cachées et
les plus secrètes, Eliacin. Imagine avec quelle douleur
j'écris ces lignes.

177.   *Dans une bouteille flottant sur la mer*

Quand je regarde la verte mer, Eliacin, je crois
toujours voir des bouteilles flottantes, des bouteilles
avec un message désespéré caché dans leur ventre.

Dans une bouteille flottant sur la mer, Eliacin,
peuvent se trouver tes cinq ou six derniers mots,
ceux que tu n'as pu me dire à l'oreille, sans personne dans la chambre, sans personne dont la présence puisse nous gêner.

Les bouteilles que les naufragés lancent, avec un
sourire intérieur, dans les eaux tumultueuses de la
mer, Eliacin, se transforment, au long des années,
en femelles de requin, en féroces femelles de requin,
véloces et sanguinaires.

Il y a des bouteilles, mon enfant, qui naviguent

encore sans aborder nul rivage, sur lesquelles pèsent toutes les malédictions parce qu'il ne leur fut pas permis de se transformer peu à peu en femelles de requin, selon les antiques lois marines.

J'ignore, Eliacin, s'il existe dans le monde une collection de bouteilles marines, de bouteilles qui servirent à maintenir vivante, quelques instants, la petite flamme de l'illusion dans les cœurs désenchantés. Mais s'il en était ainsi, mon enfant, et si je l'apprenais, je m'empresserais de voyager jusqu'aux confins du monde pour la connaître et embrasser son propriétaire, un vieillard qui adorerait entendre des récits de chasse à courre, fantastiques et invraisemblables.

178. *L'iceberg*

Mon enfant chéri :

Naviguant sans boussole, l'iceberg en t'emportant vole à une vitesse incroyable.

L'iceberg, en t'emportant, vole à une vitesse incroyable, naviguant sans boussole.

En t'emportant, l'iceberg, naviguant sans boussole, vole à une vitesse incroyable.

Il vole à une vitesse incroyable, en t'emportant, l'iceberg naviguant sans boussole.

Naviguant sans boussole, l'iceberg vole à une vitesse incroyable, en t'emportant.

L'iceberg, en t'emportant, naviguant sans boussole, vole à une vitesse incroyable.

En t'emportant, l'iceberg vole à une vitesse incroyable, naviguant sans boussole.

Il vole à une vitesse incroyable, l'iceberg, t'emportant, naviguant sans boussole.

Naviguant sans boussole, en t'emportant, l'iceberg vole à une vitesse incroyable.

L'iceberg vole à une vitesse incroyable, en t'emportant, naviguant sans boussole.

En t'emportant, vole à une vitesse incroyable, naviguant sans boussole, l'iceberg.

Naviguant sans boussole, il vole à une vitesse incroyable, l'iceberg, en t'emportant.

Naviguant sans boussole, en t'emportant, vole à une vitesse incroyable, l'iceberg.

En t'emportant, vole à une vitesse incroyable, l'iceberg, naviguant sans boussole.

Il vole à une vitesse incroyable, l'iceberg, naviguant sans boussole, en t'emportant.

L'iceberg naviguant sans boussole, en t'emportant, vole à une vitesse incroyable.

Il vole à une vitesse incroyable, naviguant sans boussole, l'iceberg, en t'emportant.

Naviguant sans boussole, vole à une vitesse incroyable, en t'emportant, l'iceberg.

L'iceberg, naviguant sans boussole, vole à une vitesse incroyable, en t'emportant.

En t'emportant, naviguant sans boussole, vole à une vitesse incroyable, l'iceberg.

Il vole à une vitesse incroyable, naviguant sans boussole, en t'emportant, l'iceberg.

Toi, Eliacin, je m'en souviens toujours, tu t'intéressais beaucoup aux icebergs, aux itinéraires, aux photographies, à la flore et à la faune des icebergs, blancs et rose pâle et bleu ciel, qui se promènent, telles des fiancées en fuite, dans les mers arctiques.

179. *L'avare*

1

Sa tige de tubéreuse à la main, Eliacin, et ses lunettes à verres épais sur le nez, l'avare se tient doucement coi, attentif à ne rien dépenser, tandis que ses enfants rêvent aux sandwiches de l'enterrement, aux effusions et aux sincères condoléances de l'enterrement.

L'avare, Eliacin, a la peau transparente comme les enfants en bas âge, et la tête peuplée de vers industrieux rompus aux métiers les plus divers : le métier de forgeron, celui de charpentier, de fossoyeur, de bûcheron, de pêcheur, de ramoneur.

Ses talonnières de Mercure aux chevilles, Eliacin, sur la tête son bonnet de velours vert effiloché à feuilles de chênes d'or, l'avare se meut avec prudence, mon enfant, attentif à ne rien dépenser, tandis que les enfants des rues gaspillent de mauvais sentiments et courent, sautent, et crient sans cesse, sous sa fenêtre.

L'avare, Eliacin, a les yeux humides comme les yeux des chats malades et la poitrine emplie de rumeurs connues ; il reflète toutes les sensations qu'il thésaurisa avec soin en vue des longues et incertaines années de la vieillesse.

Sa petite étoile peinte sur le front, Eliacin, aux pieds ses luxueux chaussons un peu défraîchis, l'avare, mon enfant, est mort sans que personne s'en aperçoive.

2

J'aurais aimé que tu sois avare, Eliacin, un vieil avare chargé d'ans et de richesses comme celui qui est mort l'autre jour, sans que personne s'en aperçoive, ouvrant la valve des réjouissances.

180. *Le jardin enchanté*

Si tu t'étais perdu dans un jardin oublié, Eliacin, dans un sombre jardin de saules et de sabines, je ne me serais jamais lassée de te chercher, mon enfant, de te chercher avec des lumières, et avec la baguette de noisetier qui découvre les eaux et les trésors cachés, et avec un timide espoir inextinguible, jusqu'à ce que je t'eusse trouvé, transformé peut-être en un brin d'herbe.

Comme elles sont heureuses les mères qui perdent leurs fils dans des jardins oubliés, Eliacin, dans les jardins peuplés d'ombres et de paroles que personne n'écoute ! Il leur reste la consolation, mon enfant, de continuer à chercher, à chercher toujours, à chercher sans repos, avec l'espoir de palper quelque jour, à l'improviste, leur propre cœur !

A peu de distance de la maison où je naquis, Eliacin, il y avait un jardin oublié, un sombre jardin de saules et de sabines, où se promenaient les mères qui avaient perdu leurs fils et qui parlaient seules, d'une manière incohérente, du matin au soir, sans que personne s'approche d'elles pour leur demander si elles avaient besoin de quelque chose.

(Comme j'étais toute petite, Eliacin, je riais, pleine de venin, et je m'endormais en pensant, bien au chaud, à elles).

Le châtiment de Dieu, Eliacin, fut pire que je ne le prévoyais, mon enfant : il ne m'est pas même resté, après tant de vain bonheur, un jardin oublié pour t'y chercher sans repos, du matin au soir, avec des lumières, avec la baguette de noisetier qui découvre les eaux et les trésors cachés, avec un timide espoir inextinguible.

181. *Miel d'abeilles*

Ta détermination laissait augurer des décisions plus dures, mon enfant, plus fières, plus violentes, mais, tout déterminé que tu fusses, tu te bornas à dire : à partir de ce matin j'ai besoin de miel d'abeilles à mon déjeuner, c'est un produit qui fortifie l'organisme et prolonge la vie. Bien, mon enfant, tu déjeuneras avec du miel d'abeilles. Et tout finit là.

Du miel d'abeilles, Eliacin, tu te lassas bientôt, il faut le dire. Le miel d'abeilles est trop doux au palais, et lourd à l'estomac. Le miel d'abeilles est quelque chose de trop naturel, de trop élémentaire pour le citadin.

Je n'ai pas voulu te faire remarquer (comme je l'aurais pu) : « tu vois, je te l'avais bien dit, que tu finirais par ne plus pouvoir avaler le miel d'abeilles ! » Je n'ai pas voulu te le faire remarquer, mon enfant, pour deux raisons ; pour éviter que tu me répondes avec colère, vilaine habitude dont sans cesse j'ai essayé de te débarrasser, et parce que j'ai toujours tu, mon enfant chéri, toujours, tout ce que je supposais être susceptible de te blesser.

Le miel d'abeilles, Eliacin, est une chose beaucoup plus forte, plus dense et consistante que le courage des jeunes gens de la ville, même si ces jeunes gens de la ville, mon enfant, ont parfois, comme tu en avais alors, des prétentions en matière d'athlétisme.

Le miel d'abeilles, Eliacin, est l'aliment de l'ours des bois brun et grossier, du noir et grossier bûcheron des bois, du cruel et maladroit chasseur d'ours des bois. Et jamais, mon enfant, des jeunes gens qui, parfois, lisent attentivement lord Byron.

Tu avais encore beaucoup de choses à apprendre, Eliacin. Je pense que ta désertion fut aussi précipitée que prématurée.

182.   *Un enterrement sans aucun intérêt*

Je peux t'assurer, Eliacin, que cet enterrement-là fut sans aucun intérêt, un enterrement ennuyeux et gris comme les après-midis d'hiver, un enterrement avec trop de froid et trop peu d'émotion.

Le cadavre, à vrai dire, n'en valait pas beaucoup

la peine, mais même dans ces conditions je pense qu'on aurait pu en tirer un meilleur parti, si la famille s'en était un peu occupé, ce qu'elle ne fit pas.

Si tu étais encore à la maison, Eliacin, tu m'aurais representée à l'enterrement. L'ennui c'est que, à ton retour, le corps défait et l'âme abattue, tu te serais cru en droit de m'adresser des reproches pour t'avoir prié d'assister à un enterrement aussi ennuyeux et vain.

— Quelle malchance, mon enfant, quelle malchance ! Mais ce n'est pas notre faute, ni la tienne ni la mienne, si l'enterrement du pauvre Mr. Quaking s'est révélé être un enterrement sans aucun intérêt.

— Tu aurais pu le prévoir.

— Malgré tout, Eliacin, malgré tout...

Oui, Eliacin, comme je te le disais, cet enterrement-là fut sans intérêt, un enterrement fastidieux et circonspect comme le discours d'un ministre, un enterrement sans piquant et sans assistance distinguée. Il est dans de beaux draps, le pauvre Mr. Quaking si on le reçoit dans l'autre monde aussi mal que l'on s'en est séparé dans celui-ci, Eliacin, c'est moi qui te le dis.

183.   *Photographies en couleurs*

Quand je regarde tes photographies en couleurs, Eliacin, une prairie constellée de marguerites blanches et jaunes, une jument alezane et son poulain à côté d'elle, une jeune fille vêtue de cretonne, je souris toujours, comme si j'étais, pauvre de moi ! une femme très expérimentée.

Tes photographies en couleurs, Eliacin, en couleurs artificielles et conventionnelles, mon enfant, semblent, si on les regarde à contre-jour, des fleurs séchées, des fleurs qui n'ont jamais vécu en plein

air comme celles que nous voyons tous les jours
dans les jardins, fleurs nées dans les serres à double
porte préservées des courants d'air, et que soignent
les plus habiles sécheurs de fleurs, ces hommes au
cœur d'airain qui ignorent la couleur de la tolé-
rance, la subtile couleur de la clémence.

Tes photographies en couleurs, mon enfant, tes
naïves photographies en couleurs, avec lesquelles
tu distrayais tant les sottes jeunes filles du voisinage,
Eliacin, je les garde enfermées à triple tour pour ne
pas me croire obligée de sourire en les voyant.

184.   *Cette potiche qui éclata*
en mille morceaux

Tu aimais beaucoup cette potiche qui, pour ton
premier anniversaire, mon enfant, éclata en mille
morceaux sans que personne l'eût touché. Bien qu'elle
ne fût pas authentique (je le sais bien) elle était de
ligne gracieuse et son oiseau de paradis, avec ses
sept plumes aux couleurs de l'arc-en-ciel sur la queue,
lui donnait beaucoup d'allure, un air pimpant et
orgueilleux.

Au début, je pensai garder les morceaux pour les
coller, un par un, avec le plus grand soin, mais
plus tard, lorsque je vis qu'il était impossible de la
reconstituer, je décidai d'en jeter les morceaux, un
par un aux ordures. Pour finir, Eliacin, j'allai les
rechercher un par un, je les enveloppai chacun dans
un papier de soie, et je les cachai, à l'insu de tous,
dans le tiroir de mon armoire pour n'avoir à expliquer
à personne ce qui ne regarde personne.

Le jour de ton anniversaire, toujours, Eliacin, et
les autres jours, lorsque je me sens encore plus seule
que de coutume, je m'enferme dans ma chambre,
j'ouvre l'armoire en fredonnant une quelconque chan-
sonnette pour donner le change et je contemple et

caresse, un par un, les mille morceaux de cette jolie potiche qui éclata, sans que personne l'eût touchée, le jour de ton premier anniversaire.

(J'ai remarqué, Eliacin, que les morceaux de la potiche éclatée sont chauds, très chauds, le jour de ton anniversaire, et qu'ensuite peu à peu ils se refroidissent jusqu'à l'anniversaire de l'année suivante, où ils recommencent à avoir la fièvre. Est-ce là un fait surnaturel, mon enfant ? En tout cas, je ne sais comment l'interpréter.)

L'amour que tu avais pour cette potiche qui, le jour de ton premier anniversaire, mon enfant, éclata en mille morceaux, sans que personne l'eût touchée, je l'ai perdu peu à peu. Maintenant ce sont ses morceaux que j'aime.

185.   *Allumettes suédoises*

Elles sont célèbres dans le monde entier, les allumettes suédoises, Eliacin, les allumettes qui ne ratent jamais. Si j'avais eu l'occasion de t'offrir un plein bateau d'allumettes suédoises, Eliacin, sois sûr que je ne l'aurais pas négligée.

(Maintenant j'y pense : qu'aurais-tu fait, Eliacin, d'un bateau d'allumettes suédoises ? Quelle horreur ! Tu aurais pu être représentant général des allumettes suédoises à Londres, pendant un jour entier. Londres consomme-t-il un plein bateau d'allumettes suédoises par jour ? Je n'en sais rien.)

Les allumettes suédoises, mon enfant, jouissent d'un crédit bien mérité sur tous les marchés du monde, sur tous les marchés des cinq continents. Malgré les rumeurs qui ont circulé avec insistance il y a quelques années — tu étais très petit alors — les allumettes suédoises, Eliacin, jouissent d'un crédit bien mérité sur tous les marchés du monde. Et

chose plus importante encore : elles savent le con
server.

186.   *Le pain que nous mangeons*

L'homme laboure et fume, sème et sarcle la terre,
fauche la moisson, moud le grain, pétrit la farine,
cuit le pain et nous le vend. Quelle stupidité !

Le pain, mon enfant, est le plus conventionnel et
le plus frelaté des symboles de la nutrition : l'âme
de l'homme n'est pas omnivore, Eliacin. Nous voulons du pain, crient les affamés. Je gagne mon pain
honnêtement, disent les fonctionnaires pauvres. Je
vous donnerai du pain, annonce aux assiégés l'armée
des assiégeants, si vous vous rendez dans tel ou tel
délai ; sinon, je vous donnerai du fer, d'immenses
nuages de fer (le fer, en un certain sens, est le plus
conventionnel et le plus frelaté des symboles de mort
et de destruction).

Le pain que nous mangeons, mon enfant, est un
sale produit de propagande, un aliment nocif pour
le corps et la mémoire, pour l'entendement et la
volonté.

Les grands hommes, Eliacin, n'ont jamais mangé
de pain, ou, s'ils en ont mangé, ce fut toujours avec
prudence et modération, parce que le pain, mon
enfant, émousse les sentiments, parfois il empoisonne
l'organisme et plonge les gens dans la folie.

L'allergie au pain, qui se manifeste généralement
par un eczéma aux bras et aux jambes, n'est pas un
phénomène rare non plus.

Le pain que nous mangeons, Eliacin, nous ne
devrions pas le manger. Le législateur de l'avenir
interdira la consommation du pain.

187.   *Le sybaritisme*

Tu montrais souvent un certain penchant pour le sybaritisme, Eliacin, penchant qui ne me semblait nullement répréhensible. L'éducation des enfants, Eliacin, doit tendre, à mon avis, à leur faire découvrir certains domaines et à leur en inculquer les règles car s'ils les découvrent trop tard c'est d'une manière désordonnée et stérile, parfois tristement à leurs dépens.

Vivre selon les ordres exigeants du non conformisme, Eliacin, est hautement éducatif, exceptionnellement formateur. Les hommes qui connaissent les plus hauts destins, mon enfant, professent d'ordinaire ces salutaires principes et vivent selon les normes rigides et implacables de l'inadaptation et du contrôle de soi rigoureux et presque cruel.

Il serait curieux d'établir une statistique des sybarites qui sont parvenus à occuper des postes dans la société. (On peut aussi admettre le processus inverse, il est vrai, mais moi je crois, Eliacin, que le pouvoir incite moins au sybaritisme que le sybaritisme au pouvoir. Peut-être est-ce une question qui mériterait d'être traitée avec attention et minutie.)

Le sybarite, Eliacin — et tu prenais le chemin d'en devenir un — porte un petit miroir dans son cœur pour mirer dans son propre orgueil le monde des autres. Celui qui est d'accord sur tout, mon enfant, contrairement à ce que pourraient croire les gens peu attentifs à ce problème, porte un chardon épineux ou un féroce hérisson dans son cœur.

Je me serais sentie très fière, Eliacin, de réussir à faire de toi un sybarite, un homme qui, en passant dans la rue la tête haute et sans regarder personne, eût fait s'exclamer les gens : regardez donc, voici un sybarite, on le voit bien à son allure, à sa démarche, à ce je ne sais quoi qui dénote le véritable sybarite.

Mais, mon enfant, c'est toujours la même chose ! je dois me contenter de te savoir un héros. Qu'y puis-je ?

188.   *Une tache de sang sur l'oreiller*

Mon enfant, sur l'oreiller de ta mère apparaît, tous les matins, une tache de sang. Au début elle me préoccupait, parce que j'en ignorais l'origine, mais maintenant que je la connais, j'ai l'impression qu'elle me tient compagnie. Le sang sur l'oreiller de ta mère, mon enfant, vient du poumon : je tousse en dormant, et je crache du sang, une toute petite tache, qui est sèche et opaque à mon réveil.

Il ne m'a pas du tout enthousiasmée, le diagnostic du médecin, Eliacin, mais je me suis familiarisée peu à peu avec l'idée que je n'aurais pas à vivre de nombreuses et inutiles années sans but.

La tache de sang sur mon oreiller, mon enfant, te ressemble le plus souvent. J'ai consulté plusieurs personnes qui se vantent de t'avoir bien connu, Eliacin, et j'ai constaté avec tristesse que toutes ont peu à peu oublié comment tu étais, ton profil, la coupe de ton visage, le dessin de ta mèche de cheveux en désordre qui tombait toujours sur ton front.

Tes portraits de sang, Eliacin, je les découpe soigneusement, et pour qu'ils ne s'effilochent pas, j'ai pris l'habitude de faire un ourlet tout autour ; c'est à cela que j'occupe maintenant presque toute ma journée.

A mon testament, mon enfant, j'ai ajouté une clause stipulant que l'on doit m'ensevelir dans un drap composé de tous les portraits de toi que je crache chaque matin, cousus ensemble.

C'est un assez gros travail, je le sais, mais je lègue

vingt-cinq livres à qui acceptera de me faire ce
plaisir. Il se trouvera bien quelqu'un.

Et personne ne pourra dire que j'abandonne quoi
que ce soit de ce que je chéris le plus en ce monde,
Eliacin : les silhouettes que je fabrique pour toi,
issues de mes veines, nuit après nuit.

189.   *Le tailleur sentimental*

Près de chez nous, Eliacin, s'est installé un tailleur syrien très sentimental, qui pleure quand il
fait froid et offre des campanules aux jeunes filles
lorsqu'arrive le printemps. Ses prix, mon enfant, ne
sont pas du tout bas, plutôt un peu plus élevés que
ceux des autres tailleurs, mais les gens se sont pris
de sympathie pour lui, parce qu'il est très bon et
très sentimental, et il voit sans cesse grossir sa
clientèle.

Le tailleur syrien, mon enfant, s'appelle Joshua, et
porte une chevelure noire, d'un fort bel effet, qui
tombe négligemment sur ses épaules.

Joshua, mon enfant, a une jambe de bois, mais
il ne veut pas dire où il l'a perdue, ni comment ni
quand ; quant à moi je pense, Eliacin, que Joshua
est venu au monde avec une jambe en moins parce
que, quand quelqu'un lui dit : Joshua, où et comment
et quand avez-vous perdu votre jambe ? il se met
à pleurer amèrement, comme lorsqu'il fait froid.

L'autre jour, Eliacin, j'ai parlé à Joshua de la Mer
Egée et il a pleuré aussi. Pour compenser un peu,
je lui ai demandé de me couper un tailleur, mais ce
matin, lorsqu'il est venu me l'essayer, il a vu qu'il
avait mal pris les mesures et une fois de plus il s'est
mis à pleurer. Joshua, mon enfant, est un tailleur
syrien si sentimental qu'il passe plus de la moitié
de sa vie à pleurer.

— Cela vous est égal que le tailleur vous serre un peu ?

Ta mère, mon enfant, a passé l'âge de la coquetterie, elle l'a déjà passé depuis plusieurs années.

— Bon, si ce n'est pas grand-chose !

Joshua s'est remis à pleurer.

— Hélas, si, madame, il serre passablement ! Hélas, quel malheur s'abat sur moi !

J'ai essayé de le consoler, Eliacin :

— Ne vous inquiétez pas, Joshua, cela m'est égal que le tailleur me serre un peu, je voulais seulement vous aider, vous m'êtes très sympathique.

Joshua s'est jeté par terre, noyé dans les pleurs.

— Hélas, la charité, toujours la charité et non pas le mérite de l'artiste !

Moi, Eliacin, j'ai payé le tailleur et je l'ai laissé dans la boutique. Vraiment, même si je pesais vingt livres de moins et si je mesurais vingt pouces de moins je n'aurais pas tenu dedans.

190.   *Fais voir, fais voir*

Lorsque tu me disais fais voir, fais voir, moi, tout en te montrant docilement ce que tu voulais voir, je me sentais envahie par la rage.

Ce fut une grande chance pour toi, mon enfant, que je ne l'aie jamais manifestée devant toi d'une manière violente — ce dont, plus tard, assurément, je me serais repentie — car à cette époque j'avais une force extraordinaire, une force capable de renverser un taureau en deux ou trois coups.

La curiosité que tu montrais pour tout, mon enfant, la curiosité maladive que tu montrais à propos de tout, sauf de ce qui me concernait, Eliacin, risquait de te détruire.

Je renonçais à t'éclairer là-dessus, parce que je savais de reste à quel point les conseils, si prudents et sages qu'ils fussent, convenaient mal à ton caractère indomptable. (Ton caractère, mon enfant, fut toujours doux et bon, et même maintenant, alors que j'affirme le contraire en sachant que je mens, mon enfant chéri, tu m'interromps d'un « fais voir, fais voir »).

J'admets, Eliacin, que les jeunes gens montrent leur désir d'apprendre, leur avide besoin d'élucider et de déchiffrer peu à peu tout ce qui les entoure, leurs découvertes de chaque jour, et que pour y parvenir vous demandiez constamment : fais voir, fais voir. Mais j'aimerais qu'on me comprenne moi aussi et que les jeunes gens, du moins les jeunes gens comme toi, Eliacin, admettent enfin que leurs impertinents fais voir, fais voir, sont de nature à faire perdre patience à un saint.

Lorsque tu me disais, mon enfant : fais voir, fais voir, en prenant un air patelin et méfiant, j'avais envie de t'étouffer ou, du moins, de te mettre à la porte afin que tu affrontes la dure réalité de la vie. L'immense tendresse que ta mère t'a toujours prodiguée, — parfois même au détriment de notre intérêt commun, que nous aurions dû placer au-dessus de tout — cette tendresse t'épargnait une sanction exemplaire.

Car, comprends-le bien, mon enfant, la jeunesse s'égare si on ne l'attache pas de près, si on ne la tient pas fermement en laisse.

Et le devoir d'une mère, Eliacin, un devoir douloureux et difficile à accomplir, ne doit céder le pas à aucune autre considération. Pour avoir oublié cette vérité, les affaires humaines vont à la dérive, mon enfant, et se brisent contre les falaises des guerres et autres châtiments de Dieu.

191.   *Je me sens désespérée,*
mais non passionnément désespérée

Ce doit être horrible de se sentir passionnément désespérée, Eliacin, de se sentir désespérée, toutes les fentes du bonheur bouchées par l'étoupe de la haine, Eliacin, hermétiquement bouchées par la visqueuse et imperméable pâte de la haine.

Mais moi, mon enfant, heureusement, si désespérée que je me sente, je ne me sens pas désespérée avec passion, avec grandeur et sans rémission, comme les hautes vagues de la mer, le vent qui fuit dans les montagnes ou la fouine célibataire qui gratte sa lèpre contre les dures écorces du bois.

Le désespoir des mères de famille, Eliacin, même si ces mères, comme c'est mon cas, sont restées sans famille, n'atteint jamais les tons sublimes, les nobles accents du désespoir des vierges oubliées, mon enfant, ni les accents passionnés des danseurs de ballet ivres que la police accuse d'espionnage pour le compte des Allemands.

Oui, Eliacin, je me sens désespérée, sourdement, humblement désespérée, mais il me vient une grande paix intérieure à savoir que je ne suis pas passionnément désespérée, comme les vieux papillons, ceux qui n'ont pas trouvé de coin propice pour tisser leur cocon de fine soie et qui pâlissent au soleil à la façon des tissus de couleurs, tandis que la lune poursuit paisiblement son chemin.

192.   *Trois grosses dames turques*

Se tenant par la main, Eliacin, les trois grosses dames turques allaient faire leurs achats. La grosse dame turque numéro 1 s'acheta une gaine en caoutchouc. La grosse dame turque numéro 2 s'acheta des souliers vernis et une gaine en caoutchouc. La grosse dame numéro 3, qui était la plus riche, sans doute, s'acheta un sac de fantaisie, des souliers vernis à boucle d'argent et une gaine en caoutchouc. Les trois grosses dames turques marchaient en silence, se tenant par la main, craignant peut-être d'être renversées par une automobile ou une motocyclette tandis qu'elles allaient faire leurs achats, Eliacin.

L'autre nuit, mon enfant, j'ai rêvé de trois grosses dames que j'ai cru turques jusqu'à ce que quelqu'un, plus versé que moi dans la science quasi secrète des races, m'assure qu'elles étaient yebalies et que l'une s'appelait Amina, ce qui signifie la fidèle, l'autre Zohora, ce qui veut dire la pure, et l'autre Aixa, c'est-à-dire la vivace.

Comme de bien entendu, Eliacin, Amina se contenta d'une gaine en caoutchouc, Zohora se décida à aller jusqu'aux souliers, quant à Aixa, c'était la plus grosse et la plus riche des trois. N'est-ce pas, Eliacin, qu'on dirait une fable ?

Si je rêve encore une fois des trois grosses dames turques, Eliacin, qui allaient faire leurs achats en se tenant par la main, je te promets de t'informer des événements. Tu peux te fier à moi, mon enfant, tu sais bien que j'ai toujours tenu parole.

193.   *Le vieux rideau de soie couleur grenat*

Le vieux rideau de soie couleur grenat avec lequel je sèche mes larmes, Eliacin, a commencé à se déchirer par endroits. A dire vrai, Eliacin j'étais déjà vieille lorsque tu vins au monde ; je le revois toujours chez ma mère, je ne m'habitue pas à l'idée qu'il puisse mourir avant moi, j'ai toujours voulu croire qu'il durerait éternellement et en tout cas, bien plus longtemps que moi. Quel ennui, Eliacin, de penser que

toutes les choses meurent et disparaissent sans rémission !

Derrière notre vieux rideau de soie couleur grenat,
Eliacin, tu te cachais lorsque tu étais petit et tu jouais
aux fantômes tandis que je feignais de ne pas te
trouver et d'avoir grand peur des bruits étranges
que l'on entendait dans toute la maison. Quelle
heureuse époque, Eliacin, pardonne-moi, elle me
semble encore si proche !

Notre vieux rideau de soie couleur grenat, Eliacin, — il faut croire que son heure a sonné — a
commencé à se déchirer par endroits. Je lui dis, ne
t'inquiète pas, tu auras beau être vieux jamais je ne
t'éloignerai de moi. Et je lui demande : n'est-ce pas
que tu préfères rester toujours à la maison, même si
à la maison il n'y a plus aujourd'hui la joie de jadis ?
Mais le vieux rideau de soie couleur grenat, Eliacin,
notre vieux rideau, peut-être muet de terreur, ne me
répond pas. Il ignore sans doute l'anglais ; du moins,
je ne le lui ai jamais entendu parler.

194.   *Les sentiments du bois*

Connais-tu, Eliacin, les sentiments du bois, l'amour,
la responsabilité, la crainte, la haine, la loyauté, la
pureté du bois ?

(Te souviens-tu, Eliacin, de la conversation que
nous eûmes à ce sujet ? et que nous interrompîmes
parce que des amis vinrent te chercher pour assister
à des courses de chevaux ; nous pourrions la continuer, si cela te convient, un jour où tu auras une
ou deux heures de liberté.)

Je crois que personne n'a jamais réfléchi, l'esprit
ouvert à toutes les surprises, aux sentiments du bois,
vagues et diffus comme les sentiments des hommes,
mais en aucun cas plus vagues et plus diffus que les
sentiments des hommes.

Et c'est bien regrettable, Eliacin, car il serait profitable à tous de connaître la clef des sentiments du bois, mon enfant. Il y a une grande différence, Eliacin, je t'assure, entre manger sur une table de bois loyale et manger sur une table de bois lâche ; dormir dans un lit de bois pur et dormir dans un lit de bois irresponsable ; être enterré dans un cercueil de bois tendre et être enterré dans un cercueil de bois vindicatif.

Quel dommage, Eliacin, de ne pouvoir suivre des cours particuliers sur l'art de connaître les sentiments du bois !

195.   *L'étudiant en astronomie*

Pâle et tremblant, Eliacin, l'étudiant en astronomie se promenait en tenant la main de sa fiancée sous les hautes étoiles, comme c'est l'usage.

— Tu m'aimeras toujours, Rose ?

— Je t'aimerai toujours, Patrick.

— Même si tu es refusé pour n'avoir pas su trouver les coordonnées azimutales de Bellatrix ?

— Même si tu es refusé pour n'avoir pas su trouver les coordonnées azimutales de Bellatrix.

— Comme tu es bonne, Rose !

Rose poussa un courageux soupir.

(— Ne crie pas si fort !)

Rose poussa un délicat soupir.

— Non, Patrick, ce n'est pas parce que je suis bonne c'est parce que je t'aime !

Les traits tirés et le visage livide, Eliacin, l'étudiant en astronomie se promenait encore, se promenait toujours, enlaçant sa fiancée par la taille, sous la haute lune, tu peux imaginer la scène.

— Tu me seras toujours fidèle, Rose ?

— Je te serai toujours fidèle, Patrick.

— Même si je suis refusé pour n'avoir pas su

calculer les grades, les minutes et les secondes de l'ascension droite d'Algenib ?

— Même si tu es refusé pour n'avoir pas su calculer les grades, les minutes et les secondes de l'ascension droite d'Algenib.

L'étudiant en astronomie embrassa sa fiancée sur les paupières.

— Comme tu es bonne, Rose.

Rose poussa un violent soupir.

(— Chut !)

Rose poussa un soupir timide.

— Non, Patrick, ce n'est pas parce que je suis bonne c'est parce que je t'adore.

Courbé, maigre, catarrheux, l'étudiant en astronomie se promenait encore, se promenait toujours en faisant les cent pas, sa fiancée assise sur une de ses épaules, sous les plus proches constellations, tu dois me croire puisque je te le dis.

196.   *Tout est très simple*

Tout est très simple, Eliacin, d'une simplicité frappante. Une femme naît, grandit, se marie, fait ses achats, met au monde un enfant, trompe son mari, s'occupe en apparence de son foyer, perd son fils, fait la charité, s'ennuie et meurt. Et ceci une fois, et encore une fois, et encore une fois, mon enfant.

Tout est si simple, Eliacin, tout se trouve être, en fin de compte, si simple que parfois je pense que seuls les grands assassins méritent l'immense paix qui habite d'ordinaire leur regard, cet heureux regard qui n'a pas cru à la simplicité des choses, mon enfant, à la maladroite simplicité de l'adultère, à la quotidienne simplicité de l'usure, à la diaphane simplicité de la bestialité.

Si nos premiers parents, Adam et Eve, Eliacin, n'avaient pas été expulsés du paradis, peut-être nous,

les êtres humains, ne nous sentirions-nous pas aujour-
d'hui si fatalement, si affreusement simples.

Oui, Eliacin, oui, tout est très simple, tout est
d'une simplicité qui nous anéantit. Un homme nait,
grandit, apprend un métier, se marie, s'efforce de
gagner chaque jour plus d'argent, a un enfant, est
trompé par sa femme (ce qui n'est pas pour lui dé-
plaire), va au club l'après-midi, perd son fils, raconte
de prodigieux mensonges sur la guerre ou ses parties
de chasse au Tanganyka, s'ennuie et meurt. Et ainsi,
une, deux, trois, quatre fois.

(Pourtant il y a des hommes, Eliacin, qui, novices
dans le métier, se noient.)

197.   *Les gens qui passent dans la rue*

Derrière les rideaux, Eliacin, je vois comment s'af-
fairent, comment vont et viennent et meurent les
gens qui passent dans la rue.

Les gens qui passent dans la rue, mon enfant, ne
sont ni divers ni gais, comme on pourrait le supposer, mais ennuyés, résignés et monotones. Les gens
qui passent dans la rue, Eliacin, avec leurs dettes,
leurs ulcères à l'estomac, leurs soucis familiaux, leurs
projets insensés et miraculeux, etc., avancent, l'âme
frileuse, vers nulle part avec le secret espoir que la
mort les prendra par surprise, comme l'éventreur de
petits enfants qui guette à la porte des écoles.

Lorsque j'observe les gens qui passent dans la
rue, Eliacin, les mains dans les poches ou un honteux
petit colis sous le bras, je me sens souvent envahie
par une angoisse qui me navre, une anxiété qui
remplit ma conscience de vagues remords, qui vide
mes yeux de toute charité.

Je ne m'explique pas, mon enfant, pourquoi les
gens qui passent dans la rue ont un prénom· déterminé et un nom de famille hérité de leur père, alors

qu'il eût été beaucoup plus humain et beaucoup plus logique qu'ils traversent la vie sans mémoire ou le robinet de la mémoire bouché par une bille de cristal.

Les gens qui passent dans la rue, Eliacin, les gens douloureux, engourdis, qui passent dans la rue, Eliacin, avec leur sous-alimentation, leurs lésions tuberculeuses, leurs amours insatisfaites, leurs désirs jamais réalisés etc., s'avancent, semant la stupidité et la résignation sur les malodorantes petites boutiques et les placides bordels du faubourg.

Derrière les rideaux de ma fenêtre, mon enfant, je vois comment marchent, toujours un peu courbés, les gens qui passent dans la rue vers le supplice. De ma tour de guet, Eliacin, on perd presque tous ses espoirs.

198.   *Les malades de l'hôpital*

1

Comme ils sont silencieusement, craintivement gais, Eliacin, les malades, les hommes et les femmes qui dorment sans carte d'identité, avec quel bonheur ! dans la longue et froide salle de l'hôpital, dans l'immense, le vaste monde de l'hôpital, se volant les uns les autres, se souhaitant de tout cœur la mort les uns aux autres !

Comme ils sont prudemment, sagement venimeux, Eliacin, les malades, les hommes et les femmes qui, irresponsables, se masturbent, avec quelle ténacité ! dans la lugubre et immense salle de l'hôpital, dans l'énorme, la folle planète de l'hôpital, se dénonçant les uns les autres et, de toute leur âme, se promettant le tombeau les uns aux autres.

Comme ils sont sournoisement, secrètement maudits, Eliacin, les malades, les hommes et les femmes qui agonisent sans larmes, avec quelle délica-

tesse ! dans la sombre et répugnante salle de l'hôpital, dans l'anonyme, le misérable champ de bataille
de l'hôpital, se faisant des croche-pieds les uns aux
autres, s'offrant, avec leurs dernières forces, un baiser sur la bouche les uns des autres.

2

Hélas, mon enfant ! Comme ils sont craintivement, sagement, secrètement, silencieusement, prudemment sournoisement gais et venimeux et maudits, Eliacin, les malades, les hommes et les femmes qui dorment et se masturbent et agonisent sans
larmes, sans responsabilité, sans carte d'identité,
avec quelle ténacité, quelle délicatesse, quel bonheur,
dans la froide et l'humide, dans la répugnante et longue, dans la lugubre et sombre salle de l'hôpital, dans
l'anonyme et misérable champ de bataille, dans l'énorme et folle planète, dans l'immense et vaste monde de
l'hôpital, se dénonçant, se volant, se faisant des croche-
pieds les uns aux autres, et se promettant de toute leur
âme, et se souhaitant de tout cœur, et s'offrant les
uns aux autres, avec leurs dernières forces, la mort, et
le tombeau et un baiser sur la bouche !

199.   *Un ménage bien assorti*

Le ménage bien assorti dont je parle, Eliacin, se
livre, avec enthousiasme, à la médisance. Si le voisin
fait des affaires pas très claires, ou si la voisine a des
amours fort peu éthérées, mon enfant, le ménage
bien assorti dont je parle l'apprend avant tout le
monde, alerte l'opinion et le crie sur les toits. Vous
ne savez pas ? la nouvelle Morris de notre voisin,
Mr. Raven, vient du marché noir, paraît-il ; évidem-
ment l'argent ne peut rester caché ! Ou bien : Vous
ne savez pas ? le luxe, si choquant chez une fille de

famille de la classe moyenne, le luxe de notre petite
voisine, Miss Agnès Whistle, vous ne voyez pas
qui ? mais si, cette jeune fille insignifiante qu'on
vient chercher en voiture tous les soirs, maintenant
vous y êtes ? ... eh bien, ce luxe, paraît-il, ne plaide
pas, mais alors pas du tout en sa faveur. Hélas,
hélas, voilà ce qu'apportent les guerres, mon ami,
la dépravation et rien que la dépravation !

Moi, j'admire très sincèrement le ménage bien
assorti dont je te parle, mon enfant, car ils se sont fait
une solide réputation dans tout le district.

Ah ! Mr. et Mrs. Fishay ! entend-on dire à leurs
victimes, lui est un gentleman modèle, elle un puits
sans fond de vertus !

200.   *Le compère à l'éternel sourire*

Avec sa frimousse de lapin, Eliacin, le compère
à l'éternel sourire suit son petit bonhomme de chemin.

Le compère à l'éternel sourire, mon enfant, est
un petit homme aimable et serviable, aussi indispen-
sable à la foire qu'au moulin, aussi habile à la cave
qu'au grenier. Le compère à l'éternel sourire, mon
enfant, est l'un des rares spécimens existants de cette
espèce pratique et utile, Eliacin, une espèce qui tend
à disparaître. (C'est pourquoi, moi qui le vois toujours avec un éternel sourire se jouant sur ses lèvres,
se refusant à cesser de sourire, je l'honore de mon
amitié et je l'invite à déjeuner à la maison une fois
par semaine).

Le compère à l'éternel sourire mon enfant, n'est
pas anglais, mais sud-africain. Le compère à l'éternel
sourire, Eliacin, est de Ladybrand, dans l'Orange,
mais il est venu en Grande-Bretagne à cause de la
guerre, et il est resté ici avec sa frimousse de lapin,
ses petits cheveux rouges, ses petits yeux gris et

brillants, sa petite moustache de mousquetaire et son éternel sourire.

A la guerre, mon enfant, le compère à l'éternel sourire ne s'est pas beaucoup distingué, à vrai dire, et il a même été puni parfois par ses supérieurs, mais c'est que la guerre, Eliacin, est une chose qui, visiblement, ne s'accorde pas avec ses sentiments, quelque chose qui jure brutalement avec sa manière d'être.

Moi, mon enfant, bien que j'aie fait sa connaissance depuis déjà quelque temps j'ignore comment il s'appelle. Une fois je le lui ai demandé, mais il ne m'a pas répondu directement, Eliacin, ni très clairement : Rolph, Osmond, John, Eddy. Il faut croire qu'il préfère ne pas s'appeler du tout, mon enfant, mais je m'arrange pour arriver à m'entendre avec lui.

Un jour je lui ai dit : Cela vous ennuie-t-il que je vous appelle le compère à l'éternel sourire ? Il m'a répondu : « Mais non, madame, pas du tout ! Cela me flatte ! » Depuis lors, mon enfant, je l'appelle toujours le compère à l'éternel sourire ; c'est un peu long, mais qu'y faire ? C'est son nom.

(Seulement quelquefois le soir, Eliacin lorsque nous prolongeons un peu la conversation après le dîner et que nous écoutons, les mains enlacées, « Good night » sur le phono que tu m'as offert, j'ose l'appeler Crony tout court. Lui, dans ces moments-là, m'embrasse sans cesser de sourire. Puis, feignant de se repentir, il me dit : « Pouvez-vous m'offrir un peu de confiture ? » Moi, mon enfant, j'entre dans son jeu et je lui sers un peu de confiture. Comme c'est amusant ! Ensuite, Eliacin, nous nous embrassons encore. Crony, va-t-en ! Et Crony, marchant à reculons pour ne pas me tourner le dos, sort dans la rue, le sourire figé, comme un oiseau, sur sa frimousse de lapin. Moi, de la fenêtre, j'ai pris l'ha-

bitude de lui dire au revoir. Au revoir Crony ! Au
revoir Crony ! Au revoir Crony !)

201.   *Les statues des jardins*

Plus froides encore que les jardins, Eliacin, les
statues des jardins — les Vénus qui prétendent se
cacher le sein avec un doigt, les Cupidon avec leur
carquois remplis de mousse, les Apollon simplets —
gardent leurs secrets, des secrets qui nous compro-
mettent tous, elles et nous, qui nous feraient blêmir
si nous les connaissions.

Dans le cœur froid des statues de jardins, mon
enfant, dorment, l'hiver, les grenouilles indigentes,
les grenouilles sans foyer. Un savant radiologue chinois me l'a dit, Eliacin, un véritable spécialiste en ce
qui concerne la radiographie des statues, mon enfant,
l'homme qui découvrit que le Penseur de Rodin
avait une cavité dans l'hile gauche du poumon.

Les couples effarouchés qui tentent de s'aimer
dans les jardins, Eliacin, à l'ombre des statues de
jardins, tremblent et sursautent lorsque, dans les
moments de silence, ils pensent aux grenouilles
léthargiques qui, dans des positions intra-utérines,
peuplent la matrice des figures mythologiques les
plus élégantes.

C'est une chose dangereuse, mon enfant, et qui
pourrait entraîner les plus désagréables conséquences, de supposer, ne serait-ce que théoriquement, que
les statues de jardins pourraient avoir la langue trop
longue.

Plus froides encore que les jardins, Eliacin, les
statues des jardins savent plus de choses sur nous
qu'il ne conviendrait. Et ce sera une catastrophe le
jour où elles parleront, le jour où elles perdront
patience.

Voilà une chose qu'ignorent les hardis fiancés qui échangent des promesses de mariage à leur ombre. C'est leur affaire !

202. *Tes chaussons*

L'autre jour, Eliacin, en fouillant au fond d'une malle, j'ai trouvé tes chaussons d'hiver, tes chaussons bleus doublés de fourrure. Bien que cette trouvaille, mon enfant, ne me fût pas agréable, ou guère, je fis un effort pour me maîtriser et les donnai à un pauvre qui vient à la maison, de temps à autre, demander l'aumône (Je me sens envahie par un bizarre sentiment de paix dont j'ignore ce qu'il annonce).

Vrai, Eliacin, rien ne m'importe plus, absolument rien. La seule chose que je désire c'est éloigner de moi les chaussons des morts, mon enfant, les morts n'en ont plus besoin ; j'éloignerai de moi les chaussons des morts, Eliacin, même si ce mort c'est toi, toi qui es mort et bien mort, je le sais, mort avec tous les compagnons du *Furious,* mort dans le fond vert et rouge de la mer, mon enfant, et tu as oublié tes chaussons chez ta mère, tu les as oubliés au fond d'une malle, quelle ironie ! ne songeant qu'à toi, et tes chaussons bleus [1]

203. *Les petits matins*

Hier je me suis sentie mal, mon enfant, alors que j'étais en train de t'écrire ; je n'ai pas eu la force d'aller jusqu'à ma chambre et je me suis endormie dans le fauteuil à côté du feu. Ma lettre d'hier,

---

1. Feuillet incomplet (un peu brûlé) dans l'original de Mrs. Caldwell.

il me semble, a dû brûler. Tu n'as pas perdu grand chose, Eliacin, je ne sais pas de quoi il s'agissait, mais c'était probablement de choses vaines et fort éloignées de toi. Qu'y pouvons-nous, mon enfant ? il faut prendre la vie comme elle se présente !

Bien. A mon réveil, ce matin, au lever du jour, une lumière laiteuse commençait à poindre au-dessus des maisons, tandis qu'à la fenêtre des gens matinaux brillait une lumière jaunâtre, comme malade.

Ils sont tristes, mon enfant, très tristes les petits matins sur la ville, les instants où la vieille et maigre ville retire sa chemise de nuit pour nous montrer sa chair marquée de cicatrices, sa chair labourée par la chirurgie comme le ventre des mères aux grossesses difficiles.

Lorsque toi, encore ! tu revenais à la maison tous les soirs, Eliacin, et que tu te couchais dans ta chambre d'étudiant sens dessus dessous, nous ne tirions pas les rideaux avant que le jour ne fût levé, ne se fût lavé et peigné et pomponné comme une mariée, mon enfant, qu'attendent d'immenses, de merveilleuses surprises.

Maintenant, Eliacin, dans cette maison, tout est fouillis parce que l'ordre est une chose qui n'intéresse plus personne, et dont nous ne savons, dont je ne sais, que faire, mon enfant, et les rideaux, certains soirs, je ne les ferme même pas.

Par la fenêtre, mon enfant, je vois le jour qui naît, sans trop d'illusion, comme pour ne pas me fâcher.

Les premiers bruits de la ville, Eliacin, les premiers pas, les premiers klaxons, les premiers sifflements de la ville, mon enfant, pleurent encore, et chantent et crient timidement, presque avec respect tandis que les bureaucrates, les ouvriers, les employés de commerce, font leur toilette comme des chats, mettent leurs casquettes et leurs petits cache-nez et sortent dans la rue, tout recroquevillés, pour recevoir les reproches de leur chef, contre-maître ou patron.

Ils sont tristes, Eliacin, très tristes, les vulgaires petits matins de la ville, les moments indécis où les hommes n'osent pas encore parler à voix haute et où les femmes pissent, telles des bêtes grossières, échevelées et encore à moitié endormies.

Ah ! mon enfant, comme ils sont tristes maintenant les levers du jour pour ta mère, surtout lorsqu'elle s'est sentie mal la veille au soir et n'a pas eu la force d'atteindre sa chambre !

(Je me sens un peu mieux, Eliacin, merci, et je vais essayer de me coucher).

204. *Quel drôle de rêve*

Je viens de rêver que nous nous mariions toi et moi, Eliacin, quel drôle de rêve ! J'étais très nerveuse, Eliacin, et quand le pasteur t'a demandé : voulez-vous prendre pour épouse, etc. ? je me suis mise à pleurer parce que j'ai cru que tu allais dire non. Mais non, Eliacin, tu n'as pas dit non, tu es un gentleman et tu n'allais pas conduire ta fiancée jusqu'à l'église pour lui dire non ; tu m'as regardée, tu m'as souri amoureusement et tu as dit, de ta voix la plus ferme et la mieux timbrée, que oui, tu me prenais pour épouse. Comme cela m'a fait plaisir, Eliacin, de te l'entendre dire !

Tu portais un habit, une tubéreuse à la boutonnière et une perle grande comme un haricot à la cravate, moi j'étais tout de blanc vêtue et tenais un tremblant bouquet de camélias que je serrais contre ma poitrine. Nous formions un joli couple, Eliacin, je t'assure, et les gens nous regardaient avec sympathie.

Parmi mes invités se trouvaient — quelles drôles de choses on voit en rêve ! — ton pauvre père (Dieu ait son âme), le compère à l'éternel sourire, et un ami sud-africain, dont peut-être je te parlerai quelque jour. Quant aux autres invités, les miens comme les tiens, je ne les connaissais même pas de vue.

Aux accords d'une marche nuptiale que l'on avait composée pour nous, Eliacin, tu me pris dans tes bras jusqu'à la sortie. Tous te disaient : est-ce qu'elle pèse lourd ? Est-ce qu'elle pèse lourd ? Et tu répondais : non, elle ne pèse rien, légère comme une plume, une vraie plume. Ah, Eliacin, quel drôle de rêve, quel drôle, quel heureux rêve !

Le repas de noce fut on ne peut plus réussi : les gens mangèrent, burent et dansèrent et ils étaient gais et contents.

Alors que nous allions quitter la salle tu me pris par les épaules et tu dis à tous nos invités : messieurs, je sais que vous m'enviez tous, merci beaucoup et bonne nuit ! Les invités se mirent à rire et levèrent leurs coupes pour porter un toast : à votre santé et ayez beaucoup d'enfants ! Ah mon enfant, comme j'avais honte !

Pendant notre première nuit je me montrai bien maladroite et sans beaucoup d'intuition, Eliacin, tu n'as pas besoin de me répéter ce que je sais déjà, mais par bonheur, alors que j'étais au bord des larmes, une quinte de toux me tira de ce mauvais pas, une quinte de toux qui me fit rire.

Je m'assis sur le lit, j'allumai la lumière, je bus une gorgée d'eau et j'embrassai ta photographie que je garde sur ma table de nuit, une photographie où tu portes encore un pantalon court, mon pauvre enfant !

205. *Une salutaire réaction*

Il y eut une époque dans ta courte vie, Eliacin, où tu te montras très préoccupé par les « salutaires réactions » des gens, expression qui était ton commentaire favori, disons même ton unique commentaire, devant chaque événement ou presque.

La chatte avait-elle mis au monde une demi-douzaine de petits chats visqueux couverts de duvet gris ? Salutaire réaction. L'employé de l'électricité commentait-il le coup de poing qu'il avait donné dans sa jeunesse, en 1925, à ce Noir de la Jamaïque qui lui avait fait éclater un pétard au derrière, à Saint Léonard, près des West India Docks, coup de poing qui lui avait valu l'admiration des foules... ? Salutaire réaction. Le voisin d'en face s'était-il acheté à crédit un réfrigérateur électrique ? Salutaire réaction.

C'était un plaisir, Eliacin, de t'entendre lancer toute la journée des « salutaires réactions » à droite et à gauche, comme un millionnaire aux salutaires réactions distribuant des aumônes aux nécessiteux. Quelle époque, mon enfant, quelle époque ! Quant à moi, j'aurais présentement un besoin urgent, Eliacin, d'une salutaire réaction, d'une violente et salutaire réaction qui me ferait sortir du marasme où je m'enlise, mon enfant, qui me ferait flotter, comme un bouchon sur l'eau, sur cet ennui qui me tient quelquefois pendant des heures et des heures, rivée à mon fauteuil, à regarder un angle quelconque du plafond, un angle qui ne livre point et ne livrera jamais passage à la moindre salutaire réaction.

Mais personne ne me le répète plus, Eliacin, maintenant plus personne ne me montre suffisamment d'intérêt pour que je m'accroche à la dernière salutaire réaction comme à une mince planche de salut.

J'ai de moins en moins d'importance, mon enfant.

206. *La main en plâtre*

Si au moins, Eliacin, j'avais une de tes mains en plâtre ! Si au moins, mon enfant, j'avais une de tes mains coulée dans le plâtre et coupée à la hauteur du poignet !

Les mains en plâtre, mon enfant chéri, sont encore plus mortes que les mains mêmes des morts, Eliacin, et nous, les mères, qui nous contenterions de garder les oreilles de notre fils mort dans un mouchoir de fil, comment ne donnerions-nous pas tout au monde pour une main de notre fils·coulée dans le plâtre et coupée à la hauteur du poignet ?

Je me souviens que, lorsque tu voulais te moquer de quelqu'un, Eliacin, tu disais de l'air affecté que l'on prend pour dire la vérité : c'est un être si ridicule, si grotesque, que, s'il avait pu, il garderait chez lui, coulée dans le plâtre et coupée à la hauteur du poignet, la main de son fils qu'il a perdu à la guerre, mon Dieu, quel malheur !

Eh bien, Eliacin, tel est mon cas, et tu peux me croire, mon enfant, vu de l'intérieur ce désir de main coulée dans du plâtre et coupée à la hauteur du poignet, la main de celui qu'on a aimé et qu'on aime et qu'on a perdu pour toujours, est une chose beaucoup moins grotesque que toi, périlleusement, tu ne l'imaginais.

Si j'avais avec moi ta main en plâtre, je me caresserais le visage avec. Peu m'importe ce que tu en penses. Mais, comme je dois renoncer à tout, mon enfant, je renoncerai même à ta forme la plus froide et la plus morte moulée dans le plâtre.

D'ailleurs, peu m'importe, Eliacin, car je sais qu'un beau jour, peut-être le jour où je m'y attendrai le moins, tu reviendras, repentant, à la maison avec un petit oursin, fatigué de tant d'inutiles navigations.

Et ce jour-là, Eliacin, nous sonnerons le carillon et les gens se demanderont, les yeux écarquillés : que se passe-t-il ?

(Mais toi et moi nous serons les seuls à le savoir.)

207. *Une étrange visite*

Aujourd'hui j'ai reçu une étrange visite, Eliacin : un médecin qui avait l'air d'un fou (j'ignore qui me l'a envoyé) et qui a passé deux longues heures à me poser des questions impertinentes que je préfère ne pas te rapporter. Quel sans-gêne, Eliacin, à certains moments j'avais même envie de rire !

Il me semble, mon enfant, mais ce sont peut-être des idées à moi et parfois je pense qu'elles finiront par me rendre complètement folle, il me semble, dis-je, Eliacin, que les mœurs changent beaucoup en ce moment et que les médecins se permettent certaines libertés, surtout des libertés de langage, qu'ils n'auraient jamais osé prendre avant la guerre.

L'étrange médecin qui m'a rendu visite ce matin, mon enfant, (j'ignore qui me l'a envoyé) parlait à voix très basse, une voix à peine audible, et moi, Eliacin, comme je ne parvenais pas à m'intéresser à sa conversation creuse, je lui ai répondu oui ou non au hasard, au petit jugé.

Il faut croire que mes réponses ne lui plaisaient pas toujours ; parfois si je disais oui, par exemple, il me demandait en me regardant par-dessus ses lunettes : oui ? Moi alors, tu comprends, je lui disais : non non, je me suis trompée, excusez-moi. Pourquoi lui aurais-je tenu tête ?

L'étrange médecin, lorsque je me reprenais, me répondait presque cérémonieusement : vous êtes tout excusée, madame. Et il passait à la question suivante, pour voir s'il aurait plus de chance.

Mon étrange visiteur de ce matin, Eliacin, (j'ignore qui me l'a envoyé) ne s'est pas montré, malgré sa curiosité dévorante touchant les questions les plus intimes, un gêneur, ni un grossier personnage, loin de là.

Mieux encore, en s'en allant il m'a dit qu'il me trouvait jolie. Non, lui ai-je répondu, je ne suis plus comme avant, si vous m'aviez vue il y a quelques années !

208. *Inventaire*

Il y a deux jours que je ne t'écris pas, Eliacin, pardonne-moi. Peut-être même y a-t-il plus de deux jours, pardonne-moi de toute façon, je t'assure que ce n'est pas ma faute, mon enfant.

J'ai été très occupée par la préparation d'un minutieux inventaire de toute la maison : chaises, quatorze ; fauteuils, trois ; divans, deux, l'un doublé de cuir et l'autre de soie couleur grenat, assorti au rideau déjà un peu passé ; tables, quatre ; vases, onze, huit fins et trois ordinaires, etc. Les inventaires, mon enfant, sont très ennuyeux, sont une bien monotone cantilène : tapis, trois ; descentes de lit, quatre ; lits, cinq ; glaces, cinq, deux grandes dont une brisée, et trois petites dont deux brisées, etc.

Mes meilleures amies, Eliacin, — tu ne les connais pas parce qu'elles sont toutes postérieures à ta désertion — m'aident à faire l'inventaire. Elles sont très gentilles, mon enfant, et me donnent un coup de main ; je crois que, seule et sans aucune aide, je serais morte de vieillesse sans voir la fin de mon inventaire. Notre maison, Eliacin, est pleine de choses, elle déborde de toutes parts de choses dont j'ignore comment elles ont pu s'y entasser, les choses les plus étranges du monde, Eliacin, les plus difficiles à recenser : faire-part pour la mort de ton grand-père, quatre vingt-seize ; faire-part pour la mort de ton père (Dieu ait son âme), trois cents (maintenant je me souviens que je n'en ai envoyé aucun) ; faire-part pour la mort de ta grand-mère, onze, etc.

J'ai toujours aimé, Eliacin, tu le sais bien, que

toutes mes affaires soient bien rangées, chacune à
sa place, j'exige absolument que tu me croies (embrasse-moi), et durant mon absence, mon enfant — une
absence de quelque temps dont j'ai besoin pour me
remettre — je veux être tranquille quant au bon
ordre de notre maison.

Le rétablissement de ma santé, d'après mes meilleures amies — et elles doivent avoir raison —
demande une période de repos, comme je crois te
l'avoir déjà dit plusieurs fois.

Il y a déjà un certain temps, Eliacin, que je ne
me sens pas bien, que je suis triste (j'ai des raisons
pour cela) et que ma volonté fléchit (j'ai des raisons
pour cela) lorsqu'il s'agit de prendre intérêt à n'importe quoi en dehors de toi. Je ne crois pas, Dieu
m'en garde ! que ce soit réellement quelque chose
de grave ou d'important (tu sais, mon enfant, que
j'ai toujours été très forte), mais si tu savais comme
mes meilleures amies veillent sur moi, Eliacin, tu ne
peux t'en faire une idée ! Elles m'ont recommandé
de prendre un peu de repos, du repos qui me rendra
la santé perdue et l'envie de continuer à vivre, mon
enfant, pour continuer à t'aimer et à me souvenir de
toi à tous moments.

Et je me suis mise à les écouter, Eliacin, parce
que ce serait insensé de rester enfermée entre quatre
murs, comprends-moi bien.

(Hier soir, j'ai rêvé que tu entrais dans un bazar,
un immense bazar, pour m'acheter une poupée. C'était
une chose dont j'avais besoin depuis déjà un certain
temps, bien que je ressentisse une grande, une inexplicable honte à l'idée de m'approcher de la boutique
des jouets, du rayon des baigneurs, et de dire au
vendeur : Je veux un baigneur, le plus beau possible,
peu m'importe le prix. Au bazar, je mis un certain
temps à me décider parce que, à vrai dire, il n'y avait
aucun baigneur qui me plût tout à fait. Après avoir
mis la boutique sens dessus dessous, Eliacin, j'en

choisis un qui ressemblait au vendeur : celui-ci, donnez-moi celui-ci, s'il vous plait. Le vendeur m'a regardée, mon enfant, en se plaçant en pleine lumière pour que je puisse bien le reconnaître, et je n'ai pu retenir un cri. Je suis tombée à terre, il s'est produit un remous parmi les gens et l'on m'a apporté un verre d'eau. Mon fils, mon fils, je viens de voir mon fils Eliacin ! Le vendeur, se frayant un chemin à coups de coudes dans la foule, s'enfuit dans la rue et alla se cacher dans un lupanar, sous un lit recouvert de soie grenat, comme notre rideau. Je me mis à perdre et perdre du poids, mon enfant, et finis par me changer en une colombe aveugle. J'ai volé jusqu'à un toit et là, au pied d'une cheminée, j'ai pondu un petit œuf, rond et rose.)

209. *Adieu foyer inhospitalier, répugnant, traître foyer !*

Adieu, foyer inhospitalier, répugnant, traître foyer ! Adieu, murs froids, irrémédiables, bois de potence, féroce foyer ! Adieu, air vicié, souvenir vicié, foyer vicié ! Adieu, persiennes comme des paupières mortes, escaliers qui ne mènent à aucun bonheur, foyer inclément ! J'ai terminé mon inventaire, grâce à l'aide que m'ont apportée mes meilleures amies, et je m'en vais sans chagrin, joyeuse même et, bien que ne le dise pas, sans la moindre intention de te revoir jamais.

De notre maison j'ai effacé tous tes souvenirs, Eliacin, et si j'en avais eu le courage, mon enfant, elle serait à l'heure qu'il est en train de brûler avec d'immenses flammes tremblantes. Mais je n'en ai pas eu le temps, Eliacin, ni le courage, je te l'ai dit.

LETTRES ENVOYEES DE L'HOPITAL ROYAL POUR ALIENES

210. *L'air*

Ma chambre est remplie d'air, mon amour, d'un air très étrange de couleur violette qui m'incite à penser, qui m'invite à passer tout le jour allongée sur mon lit, à t'attendre.

J'ai passé la nuit, du crépuscule à l'aube, mon amour, sans fermer l'œil. Cet endroit est propre, bizarre et froid, non pas froid au point de vue de la température mais froid de couleur.

(Mes meilleures amies, mon amour, malgré leurs promesses, ne sont pas venues me voir, peut-être ont-elles perdu leurs maris, d'un seul coup, toutes.)

Ma chambre est remplie d'air, mon amour. Il me semble que dans cette chambre il y a trop d'air, mon amour, d'air sous pression, comme dans les pneus, une provision d'air à respirer pour toute une longue vie.

211.   *La terre*

Dans la terre de ma chambre, mon amour, j'ai planté des brins de tubéreuse, plus de mille brins de tubéreuse, pour qu'elles boivent l'air, mon amour, tout l'excès d'air.

Ma chambre est remplie de terre, mon amour, mon corps est rempli de terre et mes yeux et ma bouche et mes seins inutilement remplis de terre, mon amour, d'une terre visqueuse, blanchâtre, qui m'ensevelit peu à peu, qui empoisonne mon palais peu à peu.

Je n'ai pas dormi cette nuit non plus, mon amour, et j'ai vu monter la couche de terre ; j'ai planté des brins de tubéreuse dans chaque nouvelle poignée de terre, dans toutes celles qui tombaient du miroir (Les premiers brins de tubéreuse que j'ai plantés, mon amour, se sont perdus sous la terre qui a monté depuis. Mais j'ai plaisir à penser que cette terre qui s'accroît sans cesse avec cruauté, mon amour, est lestée de brins de tubéreuse, morts comme des petits enfants.)

Dans ma chambre il y a trop de terre, mon amour. J'aimerais te savoir enterré dans ma chambre, sous le lavabo, parmi les tubéreuses. Le matin, sans que personne me voie, je te déterrerais soigneusement, mon amour, pour que tu respires.

Et lorsque la terre remplirait toute la chambre, nous mourrions tous les deux, mon amour, définitivement enlacés.

Ce serait une drôle de fin, mon amour, une fin exemplaire que mes meilleures amies (qui ne viennent toujours pas me voir) m'envieraient au secret de leur cœur.

212. *Le feu*

Je n'ai pas eu peur du tout, mon amour, en voyant ma chambre livrée au feu, en voyant brûler ma chambre, en voyant ma chambre envahie de prudentes flammes qui embrasaient ma chair. J'ai même ressenti, mon amour, un doux et délicieux bien-être, en t'imaginant — avec quelle précision ! quels subtils contours ! — en train de rire, la conscience fragile comme du verre, du coin où, tapi et la queue entre les jambes (une queue charnue d'une terne couleur vert clair), tu contemplais la scène, heureux de te trouver de nouveau devant moi.

Tu avais des cornes incandescentes, mon amour, peut-être à cause de la chaleur, peut-être, qui sait ! à cause de tes remords et tu me regardais m'habiller et me déshabiller avec ardeur, en prenant des notes dans ton agenda (ce qui ne me gênait pas, relativement, car je ne suis plus celle que j'ai été). Pour te plaire, mon amour, j'ai passé tout le jour à m'habiller et à me déshabiller à une vitesse vertigineuse, à un rythme qui m'a fatiguée et m'a fait tousser.

Ma chambre est livrée au feu, mon amour, et sur ma chair apparaissent des brûlures grandes comme des mains caressantes, larges comme des mains insatiables et savantes.

J'ai beau savoir que le feu de ma chambre est un feu dévastateur et maudit, mon amour, et de la même nature que le feu de l'enfer, je me sens heureuse à l'idée que tu en es le témoin, le témoin passionné et exceptionnel.

(Mes meilleures amies ne viennent toujours pas me voir, mon amour, j'ai l'impression que tout ceci doit se trouver au bout du monde, en quelque lieu dangereux. Je ne suis pas du tout surprise qu'elles n'aient pas osé venir, qu'elles aient eu peur de venir.)

213.   *L'eau*

Je n'en peux plus à cause de l'eau qui tombe du plafond, mon amour, qui jaillit des murs, sourd des meubles et de la literie, et des objets que j'ai placés sur la table de toilette, avec un certain ordre, même.

L'eau est une chose qui me torture, qui m'étouffe, que je voudrais écarter de moi, mon amour, une chose que je voudrais avoir écartée de toi lorsqu'il en était temps encore.... [1]

---

1. Dans l'original de Mrs. Caldwell suivent deux derniers feuillets à demi effacés et absolument indéchiffrables, portant des marques évidentes d'humidité, d'indiscutables marques prouvant qu'ils ont passé des heures et des heures sous l'eau, tel un marin noyé.

Note

Ici s'achèvent les papiers que mon amie infortunée, Mrs. Caldwell, consacra à son fils adoré, Eliacin, tendre comme la feuille du capillaire, mort en héros dans les eaux tempêtueuses de la mer Egée (Méditerranée Orientale), comme peut-être le lecteur a eu l'occasion de l'apprendre.

A notre noble et commun ami, Sir David Laurel Desvergers, exécuteur testamentaire de la tendre vieille dame errante — que j'ai connue à Pastrana volant un carrelage historique et que j'ai toujours aimée et respectée —, châtreur de cailles et membre d'honneur de la Société Royale de Géographie de Gwynedd, je tiens à exprimer ici toute la sincère reconnaissance que je lui dois pour avoir mis en moi sa confiance, confiance dont je me suis efforcé de me montrer digne.

Madrid, printemps 1947 — Les Cerrillos, sierra de Guadarrama, automne 1952. Avec d'importantes interruptions.

Cet ouvrage a été reproduit
par procédé photomécanique
et réalisé sur
Système Cameron
par la SOCIÉTÉ NOUVELLE FIRMIN-DIDOT
Mesnil-sur-l'Estrée
pour le compte des Éditions Denoël
le 2 novembre 1989

Dépôt légal : novembre1989
N° d'édition : 3037
N° d'impression : 13313

Imprimé en France

3037